Orlando Syrg Taschenbuch 92023

OR
SY
TA

AF280063

RAT ACBO

Reihe

Alte Tradition

Azurcelesteblueoscuro

herausgegeben

von

Joerg K. Sommermeyer & Orlando Syrg

Exemplarische Werke der Weltliteratur

herausgegeben von

Joerg K. Sommermeyer

Über dieses Buch

Einsamkeit, Bitternis, Verlassenheit, Leid, Indolenz des Milieus, kaputte Beziehungen, Pseudoidealismus, elende Liebe, Lebensangst, existenzielle Langeweile, banale Konversation innerhalb öder Konventionen, Erschöpfung, aussichtslose Fluchten; sinnfremd, sinnlos, ausweglos, fruchtlos!
Nach den Meistererzählungen Anton Tschechows (Orlando Syrg Taschenbuch, OrSyTa 12021) bringt dieser Band zwei seiner berühmten Meisterdramen, Spitzenwerke der Weltliteratur, nach wie vor mitreißend und uneingeschränkt aktuell.

Der Autor

Anton Pawlowitsch Tschechow, geb. am 29. Januar 1860 in Taganrog (Russland). Novellist und Dramatiker. Vater Kaufmann. Gymnasium Taganrog, 1879-1884 Studium der Medizin in Moskau. 1884 Ausbruch einer Lungenkrankheit. Kurzzeitige Ausübung des Arztberufs, danach vorwiegend literarische Tätigkeit. Zunächst Humoresken und Anekdoten für Zeitungen und Zeitschriften, später viele ernste und tragische Erzählungen sowie Kurzgeschichten. 1890 Reise zur Strafkolonie auf der Insel Sachalin. 1892-1897 auf seinem Landgut Melichovo bei Moskau, seit 1898 vorwiegend in Jalta auf der Krim. Reisen nach Westeuropa. Die Möwe, 1895. Onkel Wanja, 1896. Drei Schwestern, 1901. Heirat mit der Schauspielerin Olga Knipper. Der Kirschgarten, 1903. Tschechow stirbt am 15. Juli 1904 im Kurort Badenweiler (Markgräflerland; 30 km südlich von Freiburg).

Der Übersetzer

August Scholz (Pseudonym Thomas Schäfer), geb. am 27. September 1857, Imielin - gest. am 8. Oktober 1923, Berlin. Studierte zunächst Jura, wechselte dann zur nordischen und slawischen Philologie. Übersetzte bewundernswert zahlreiche Werke von Tolstoi, Dostojewski, Gorki, Tschechow, Gontscharow, Ryleev, Gogol, Kolzow, Andrejew und Björnson.

Der Herausgeber

Joerg K. Sommermeyer (JS), geb. am 14.10.1947 in Brackenheim, Sohn des Physikers Kurt Hans Sommermeyer (1906-1969). Kindheit in Freiburg. Studierte Jura, Philosophie, Germanistik, Geschichte und Musikwissenschaft. Klassische Gitarre bei Viktor v. Hasselmann und Anton Stingl. Unterrichtete in den späten Sechzigern Gitarre am Kindergärtnerinnen- / Jugendleiterinnenseminar und in den Achtzigern Rechtsanwaltsgehilfinnen in spe an der Max-Weber-Schule in Freiburg. 1976 bis 2004 Rechtsanwalt in Freiburg. Zahlreiche Veröffentlichungen. JS (Joerg Sommermeyer) lebt in Berlin und Lahnstein.

Orlando Syrg, Berlin, 22. September 2023

Joerg K. Sommermeyer (Hg.)

Anton Tschechows

Ausgewählte Prosa II

Zwei Schauspiele

Die Möwe, Onkel Wanja

Nach den Übersetzungen von August Scholz
Ausgewählt, durchgesehen, revidiert und herausgegeben

von

Joerg K. Sommermeyer

Orlando Syrg

MMXXIII

1. Auflage 2023

Orlando Syrg, Berlin und Lahnstein

(vormals Freiburg i. Brsg.)

Orlando Syrg Taschenbuch

ORSYTA 92023

Reihe Alte Tradition Azurcelesteblueoscuro

RAT ACBO 42

Nach den Übersetzungen von August Scholz
Auswahl, Durchsicht, Revision und Herausgabe:
Joerg K. Sommermeyer
Umschlaggestaltung (unter Verwendung eines Porträts Anton Tschechows von Valentin Serov, 1902, auf der Vorderseite): JS

Lektorat, Satz und Layout: Fritz Pernicke, JS, Hans Ohnson, Leon Alt, Gabi Michaelis, Florian Böttcher, Vera Wintherklayn, Willi Schmeißer, Georg Stefano, Isabella Willenberg, Ulf Sömmering

Herstellung und Verlag: BoD – Books on Demand, Norderstedt

Made in Germany

ISBN 9783757889197

Inhalt

Die Möwe

(1895)

Personen

Irina Nikolajewna Arkadina; verw. Treplew, Schauspielerin

Konstantin Gawrilowitsch Treplew; ihr Sohn, ein junger Mann

Pjotr Nikolajewitsch Ssorin; ihr Bruder

Nina Michajlowna Saretschnaja; ein junges Mädchen, Tochter eines reichen Gutsbesitzers

Ilja Afanassjewitsch Schamrajew; verabschiedeter Leutnant, Gutsverwalter bei Ssorin

Polina Andrejewna; seine Frau

Mascha; seine Tochter

Boris Alexandrowitsch Trigorin; Belletrist

Jewgeni Ssergejewitsch Dorn; Arzt

Ssemjon Ssemjonowitsch Medwjedenko; Lehrer

Jakow; ein Arbeiter

Der Koch

Das Stubenmädchen

Ort der Handlung: Ssorins Gut

Zwischen dem dritten und vierten Aufzug liegt ein Zeitraum von zwei Jahren.

Erster Aufzug

Park auf dem Landgut Ssorins. Eine breite Allee, die vom Zuschauer aus in die Tiefe des Parkes zu einem See führt und durch eine improvisierte Liebhaberbühne so verbaut ist, dass man den See nicht sieht. Links und rechts von dieser Bühne Gebüsch. Ein paar Stühle, ein Tischchen.

Die Sonne ist eben untergegangen Auf der Bühne, hinter dem herabgelassenen Vorhang, Jakow und andere Arbeiter; man hört ihr Husten und ihr Klopfen. Mascha und Medwjedenko kommen von links, von einem Spaziergang.

Medwjedenko: Warum gehen Sie immer in Schwarz?

Mascha: Ich trauere um mein verlorenes Dasein. Ich bin unglücklich.

Medwjedenko: Warum? Nachdenklich. Ich verstehe das nicht ... Sie sind gesund, Ihr Vater ist zwar kein reicher Mann, aber doch nicht unbemittelt. Ich hab's weit schwerer als Sie. Ich bekomme monatlich ganze dreiundzwanzig Rubel Gehalt, wovon noch die Pensionsabzüge abgehen, und dennoch trage ich keine Trauer.

Mascha: Es kommt nicht aufs Geld an. Auch ein Bettler kann glücklich sein.
Medwjedenko: In der Theorie vielleicht, in der Praxis liegt die Sache aber so, dass fünf Personen von den dreiundzwanzig Rubeln leben sollen: ich, meine Mutter, zwei Schwestern und ein Bruder. Man will essen und trinken, man braucht Tee und Zucker, man braucht Tabak – da heißt es sich drehen und winden!

Mascha blickt nach der Bühne: Die Vorstellung wird gleich beginnen.

Medwjedenko: Ja. Die Sarjetschnaja spielt, und das Stück ist von Konstantin Gawrilowitsch. Sie sind ineinander verliebt, und heute werden ihre Seelen sich in dem Streben vereinigen, dasselbe künstlerische Gebilde zu gestalten. Und unsere Seelen haben keine gemeinsamen Berührungspunkte. Ich liebe Sie, ich kann es vor Sehnsucht zu Hause nicht aushalten, laufe Tag für Tag sechs Werst hin und sechs Werst zurück, um Sie zu sehen – und begegne bei Ihnen stets derselben Gleichgültigkeit. Das ist wohl zu verstehen – ich bin mittellos, hab' eine große Familie ... einen Menschen, der selbst nichts zu beißen hat, heiratet man doch nicht ...
Mascha: Unsinn. Sie nimmt eine Prise. Ihre Liebe rührt mich, aber ich kann sie nicht erwidern, das ist's. Reicht ihm die Schnupftabakdose. Bitte!
Medwjedenko lehnt ab: Ich danke. – Pause. –

Mascha: Es ist schwül – 's wird wohl in der Nacht ein Gewitter gebe. Sie philosophieren immer oder reden von Geld. Nach Ihrer Meinung gibt's kein größeres Unglück als die Armut, nach meiner Meinung aber ist's tausendmal leichter, in Lumpen zu gehen und zu betteln, als ... Doch das verstehen Sie nicht.

Ssorin und Treplew kommen von rechts.

Ssorin stützt sich auf seinen Stock: Ich fühl' mich einmal nicht wohl auf dem Lande, mein Lieber, und ich glaube, ich werde mich nie hier einleben. Gestern ging ich um zehn Uhr zu Bett, und heut morgen bin ich um neun Uhr aufgewacht, mit einem Gefühl, als klebte mir vom langen Schlafen das Hirn am Schädel fest – und so! – Lacht. – Nach Tisch bin ich unversehens wieder eingeschlafen, und jetzt bin ich ganz zerschlagen, habe Alpdrücken, am Ende ...

Treplew: Du musst eben in der Stadt wohnen, Onkel. – Er erblickt Mascha und Medwjedenko. – Meine Herrschaften, wenn's anfängt, wird man sie rufen! Jetzt dürfen Sie nicht hier sein, bitte, gehen Sie!

Ssorin zu Mascha: Marja Iljinitschna, sagen Sie doch, bitte, Ihrem Papa, er möchte anordnen, dass man den Hund von der Leine lässt, sonst heult er. Meine Schwester hat wieder die ganze Nacht nicht geschlafen.

Mascha: Sagen Sie's meinem Vater doch selbst, ich tu's nicht. Erlassen Sie mir's bitte. Zu Medwjedenko: Kommen Sie!

Medwjedenko zu Treplew: Also, wenn's anfängt. Lassen Sie's uns sagen. – Beide ab. –

Ssorin: Der Hund wird also wieder die ganze Nacht heulen. Das ist's ja eben: nie konnte ich auf meinem Gute so leben, wie ich wollte. Da nahm man vier Wochen Urlaub, um auszuruhen und so – und hier setzten sie einem mit allen möglichen Dummheiten so zu, dass man am liebsten am ersten Tage wieder abgefahren wäre. – Lacht. – Ich war immer froh, wenn ich von hier wegkam ... Jetzt bin ich verabschiedet – weiß nicht, wohin am Ende ... Da heißt es dableiben, ob man will oder nicht ...

Jakow zu Trepljew: Wir gehen jetzt baden, Konstantin Gawrilowitsch.

Treplew: Gut, aber in zehn Minuten müsst ihr auf euren Posten sein. Er sieht nach der Uhr. Es geht bald los.

Jakow: Jawohl, gnädiger Herr. – Ab. –

Treplew lässt seinen Blick über die Bühne schweifen: Da hätten wir also unser Theater. Der Vorhang, dann die erste Kulisse, dann die zweite und dann der leere

Raum. Gar keine Dekoration. Der Blick geht direkt nach dem See und dem Horizont. Punkt halb neun, wenn der Mond aufgeht, hebt sich der Vorhang.

Ssorin: Prachtvoll.

Treplew: Wenn die Sarjetschnaja zu spät kommt, ist natürlich der ganze Effekt verloren. Sie müsste eigentlich schon hier sein – aber Vater und Stiefmutter bewachen sie, und sie kann schwer loskommen, wie aus einem Gefängnis. – Zieht dem Onkel die Krawatte zurecht. – Dein Haar ist ganz zerzaust und auch der Bart … Müsstest mal zum Friseur gehen …

Ssorin kämmt sich den Bart: Das ist die Tragödie meines Lebens. Hab' auch als junger Mann immer so ausgesehen, als wenn ich immer betrunken wäre. Die Frauen haben mich nie gern gehabt. Setzt sich. Sag mal – warum ist meine Schwester so schlecht gelaunt?

Treplew: Warum? Sie langweilt sich. – Setzt sich neben Ssorin. – Und dann ist sie eifersüchtig. Sie ist aufgebracht gegen mich und gegen diese Vorstellung und gegen mein Stück, nur weil nicht sie darin spielt, sondern die Sarjetschnaja. Sie kennt mein Stück noch gar nicht – und hasst es schon.

Ssorin lacht: Was du dir alles einbildest!

Treplew: Es verdrießt sie schon, dass hier auf dieser kleinen Bühne die Sarjetschnaja Erfolge haben wird und nicht sie. – Er sieht nach der Uhr. – Sie ist ein psychologisches Kuriosum, meine Mutter. Unstreitig sehr begabt und klug, über einem Buch kann sie bitterlich weinen; den ganzen Nekrassow kann sie auswendig, und am Krankenbett ist sie ein Engel; aber versuch mal, in ihrer Gegenwart die Duse zu rühmen! Oh! Nur sie allein soll man loben, nur von ihr schreiben, nur ihren Namen ausschreien, von ihrem unübertrefflichen Spiel in der »Kameliendame« oder im »Dunst des Lebens« entzückt sein, und weil sie hier, auf dem Lande, diesen Rausch entbehren muss, so langweilt sie sich, ist wütend – und wir alle sind natürlich ihre Feinde, wir alle sind daran schuld. Dann ist sie auch abergläubisch, erschrickt, wenn sie drei brennende Kerzen sieht, hat Angst vor der Zahl dreizehn. Und geizig ist sie – sie hat in Odessa siebzigtausend Rubel auf der Bank liegen, das weiß ich genau. Will man aber von ihr eine Kleinigkeit borgen – dann weint sie.

Ssorin: Du bildest dir ein, dass dein Stück der Mutter nicht gefällt, und regst dich darum so auf – und so. Beruhige dich. Deine Mutter vergöttert dich.

Treplew die Blättchen einer Blume abzupfend: Sie liebt mich – liebt mich – liebt mich nicht, liebt mich – liebt mich nicht. – Lacht. – Siehst du, meine Mutter liebt mich nicht. Kein Wunder: Sie will leben und lieben, sie will helle Kleider tragen – und ich, ihr Sohn, bin fünfundzwanzig Jahre alt, ich erinnere sie beständig daran, dass sie nicht mehr jung ist. Bin ich nicht da, dann zählt sie erst zweiunddreißig, in meiner Gegenwart aber ist sie dreiundvierzig. Darum hasst sie mich. Sie weiß auch, dass ich für das Theater nichts übrig habe. Sie schwärmt für die Bühne, sie glaubt der Menschheit, der heiligen Kunst zu dienen, während ich das Theater von heut für Routine und Konvention halte. Wenn der Vorhang aufgeht und in dem Zimmer mit den drei Wänden diese großen Talente, diese Priester der heiligen Kunst dem Publikum im Rampenlicht vormachen, wie die Leute essen, trinken, lieben, umhergehen, ihre Röcke tragen; wenn sie aus banalen Bildern und Phrasen eine Moral herauszutüfteln suchen – eine kleinliche, vulgäre Moral für jedermanns Hausgebrauch, wenn sie mir in tausend Variationen immer und immer wieder dieselbe Kost servieren – dann möchte ich fortlaufen, weit. Weit weg, wie Maupassant vor dem Eiffelturm fortlief, dessen Banalität sein Hirn zu Boden drückte –

Ssorin: Wir können das Theater nicht entbehren.

Treplew: Dann muss es neue Formen annehmen. Wir brauchen neue Formen, und wenn sie nicht da sind – dann lieber gar nichts. Blickt auf die Uhr. Ich liebe meine Mutter, liebe sie sehr, aber sie führt ein unvernünftiges Leben, schleppt sich ewig mit diesem Belletristen herum, ihr Name wird immerfort durch die Zeitungen gezerrt – und das quält mich. Zuweilen regt sich in mir einfach der Egoismus eines gewöhnlichen Sterblichen; ich bedaure dann, dass meine Mutter eine bedeutende Schauspielerin ist, und es scheint mir, dass ich weit glücklicher sein würde, wenn sie eine einfache Frau wäre. Sag selber, Onkel: kann's eine fatalere, eine albernere Lage geben; da versammelten sich zuweilen bei ihr Künstler und Schriftsteller, lauter Berühmtheiten – und ich bin der einzige darunter, der gar nichts ist, der nur geduldet wird, weil ich ihr Sohn bin. Wer bin ich? Was bin ich? Als Student im dritten Semester habe ich die Universität verlassen müssen – unter Umständen, die, wie man zu sagen pflegt, von der Redaktion unabhängig waren; Talente sind mir nicht gegeben, Geld hab' ich nicht, und laut meinem Pass bin ich ein simpler Kleinbürger aus Kiew, wie mein Vater, der übrigens auch ein ganz tüchtiger Schauspieler war. Wenn nun in Mamas Salon diese berühmten Künstler und Schriftsteller sich wirklich einmal gnädig zu mir herabließen, dann war's mir immer, als wollten sie mit ihren Blicken meine ganze Erbärmlichkeit ermessen – und ich erriet ihre Gedanken und litt unter dieser Demütigung – – –

Ssorin: Sag doch mal, bitte – was ist dieser Belletrist für ein Mensch? Ich werde nicht klug aus ihm. Er ist so schweigsam.

Treplew: Ein kluger, einfacher Mensch – etwas melancholisch, weißt du. Sehr anständig. Er ist noch weit unter Vierzig und ist schon berühmt und satt bis zum Überdruss … Was seine Schriftstellerei anlangt … wie soll ich dir's sagen? Nett … talentvoll … aber nach Tolstoi oder Zola will man doch einen Trigorin nicht lesen.

14

Ssorin: Und ich liebe die Schriftsteller, siehst du. Als junger Mensch schwärmte ich für zweierlei: ich wollte heiraten und ein Schriftsteller werden. Beides misslang ja. Auch ein ganz kleiner Schriftsteller zu sein, ist angenehm am Ende.

Treplew horcht auf: Ich höre Schritte ... Umarmt den Onkel. Ich kann ohne sie nicht leben. Selbst der Klang ihrer Schritte ist schon ... Ich bin wahnsinnig glücklich. – Er geht rasch auf Nina Sarjetschnaja zu, die auf der Bühne erscheint. – Meine Zauberin, mein Traum ...

Nina erregt: Ich bin nicht zu spät gekommen? Nicht wahr, ich bin nicht zu spät gekommen?

Treplew küsst ihre Hände: Nein doch, nein, nein ...

Nina: Den ganzen Tag war ich in Unruhe, ich hatte eine solche Angst! Ich fürchtete, dass der Vater mich nicht gehen lassen würde ... Aber er ist eben mit der Stiefmutter weggefahren ... Der Himmel war so rot, der Mond kam schon herauf, und ich trieb das Pferd, so sehr ich konnte. – Sie lacht. – Ich bin so froh ... – Sie drückt Ssorin kräftig die Hand. –

Ssorin lacht: Die Äuglein scheinen mir verweint ... He, he. Gefällt mir nicht.
Nina: Das ist nur so. ... Bin noch ganz außer Atem. In einer halben Stunde muss ich wieder weg. Wir müssen uns beeilen. Um Gottes Willen, halten Sie mich nicht zurück – mein Vater weiß nicht, dass ich hier bin.

Treplew: In der Tat – es ist Zeit, dass wir anfangen. Man muss sie alle herrufen.

Ssorin: Ich will sie holen – sofort! Geht nach rechts und singt. »Nach Frankreich zogen zwei Grenadier' ...« – Sieht sich um. – Einmal, als ich auch so ein Lied anstimmte, sagte ein Staatsanwaltsubstitut zu mir: »Haben Exzellenz eine mächtige Stimme!« Und dann dachte er ein Weilchen nach und meinte: »Aber abscheulich klingt sie!« He, he! – Geht lachend ab. –

Nina: Der Vater und die Stiefmutter lassen mich nicht hierher. Sie nennen das hier Boheme ... haben Angst, ich könnte zur Bühne gehen ... Und dabei zieht es mich hierher zum See wie die Möwe ... Mein Herz ist voll von Ihnen ... Sieht sich um.

Treplew: Wir sind allein.

Nina: Dort ist jemand ...

Treplew: Kein Mensch ist da. Sie küssen sich.

Nina: Was für ein Baum ist das?

15

Treplew: Eine Rüster.

Nina: Warum ist sie so dunkel?

Treplew: Es ist bereits Abend, alle Gegenstände scheinen dunkler. Verlassen Sie uns nicht so früh, ich flehe Sie an!

Nina: Unmöglich!

Treplew: Und wenn ich zu Ihnen komme, Nina? Die ganze Nacht will ich im Garten stehen und nach Ihrem Fenster schauen ...

Nina: Nicht doch, der Wächter wird Sie bemerken, und Tressor wird bellen; er kennt Sie noch nicht.

Treplew: Ich liebe Sie!

Nina: Psst-sst!

Treplew hört Schritte: wer ist da? Seid ihr's, Jakow?

Jakow hinter der Bühne: Jawohl.

Treplew: Geht auf eure Plätze. Es ist Zeit. Kommt der Mond schon herauf?

Jakow: Jawohl.

Treplew: : Ist der Spiritus da? Und der Schwefel? Sobald die roten Augen sichtbar werden, muss es nach Schwefel riechen. Zu Nina. Gehen Sie, dort ist alles bereit. Sie sind aufgeregt?

Nina: Ja. Sehr. Vor Ihrer Mutter hab' ich keine Angst. Aber Trigorin ist da ... Ich fürchte und schäme mich zugleich, vor ihm zu spielen ... Ein berühmter Schriftsteller ... Ist er jung?

Treplew: Ja.

Nina: Was für wunderbare Erzählungen er schreibt!

Treplew Ich kenne sie nicht, habe sie nicht gelesen.

Nina: Ihr Stück ist schwer zu spielen. Es sind keine wirklichen Menschen darin.

16

Treplew: Wirkliche Menschen! Das Leben darf weder so dargestellt werden, wie es ist, noch so, wie es sein soll, sondern so, wie es sich in unseren Träumen spiegelt.

Nina: In Ihrem Stück ist wenig Handlung, lauter Rede; nach meiner Ansicht muss ein Stück immer von Liebe handeln ... – Beide ab hinter die Bühne. Polina Andrejewna und Dorn treten auf. –

Polina Andrejewna: Es wird feucht. Gehen sie, ziehen sie Gummischuhe an!

Dorn: Mir ist heiß.

Polina Andrejewna: Sie nehmen sich gar nicht in Acht. Das ist Eigensinn. Sie sind Arzt und wissen recht gut, dass feuchte Luft Ihnen schadet; aber Sie wollen mich nur quälen; gestern haben Sie absichtlich den ganzen Abend auf der Terrasse gesessen ...

Dorn singt vor sich hin: »O sage nicht, dass deine Jugend schwand ...«

Polina Andrejewna: Sie waren so hingerissen von der Unterhaltung mit Irina

Nikolajewna ... Sie merkten gar nicht, dass es kühl war. Gestehen Sie's nur: sie gefällt ihnen ...

Dorn: Ich bin fünfundfünfzig Jahre alt.

Polina Andrejewna: Unsinn. Für einen Mann ist das kein Alter. Sie haben sich trefflich konserviert und machen noch Eindruck auf Frauen.

Dorn: Was wollen Sie also?

Polina Andrejewna: Vor einer Schauspielerin sinkt ihr gleich alle auf die Knie – alle!

Dorn singt vor sich hin: »Hier steh' ich nun wieder vor dir ...« Wenn man in der Gesellschaft die Künstler liebt und sie anders behandelt als zum Beispiel die Kaufleute, so ist das ganz in der Ordnung. Das ist eben Idealismus!

Polina Andrejewna: Die Frauen haben Sie immer geliebt und sich Ihnen an den Hals geworfen. Ist das auch Idealismus?

Dorn achselzuckend: Vielleicht. In den Beziehungen der Frauen zu mir war auch viel Gutes. Sie liebten in mir vor allem den ausgezeichneten Arzt – Sie wissen, dass ich vor zehn, fünfzehn Jahren der einzige brauchbare Geburtshelfer im ganzen Gouvernement war. Außerdem bin ich stets ein Ehrenmann gewesen.

17

Polina Andrejewna erfasst seine Hand: Mein Teurer!

Dorn: Still. – Man kommt. – Es erscheinen: Arkadina, an Ssorins Arm, Trigorin, Schamrajew, Medwjedenko und Mascha. –

Schamrajew: 1873 hat sie in Poltawa gespielt, auf dem Jahrmarkt – wunderbar! Einfach großartig! Wissen Sie nicht zufällig, wo jetzt der Komiker Tschadin steckt? Pawel Ssemjonytsch Tschadin? Der war als Rasplujew unerreicht, besser als Ssadowski, ich schwör's Ihnen, Verehrteste. Wo steckt er jetzt?

Arkadina: Sie fragen nach lauter vorsintflutlichen Leuten. Woher soll ich die kennen? Setzt sich.

Schamrajew seufzt: Paschka Tschadin! Solche Künstler gibt es heut nicht mehr. Das Theater ist zurückgegangen, Irina Nikolajewna! Früher gab's mächtige Eichen, heut aber sehen wir nur Baumstümpfe.

Dorn: Die großen Talente sind seltener geworden, das stimmt; dafür steht aber der Durchschnittsschauspieler weit höher.

Schamrajew: Ich kann Ihnen nicht recht geben. Übrigens ist das Geschmackssache. De gustibus aut bene, aut nihil.

Treplew kommt hinter der Bühne hervor.

Arkadina: zu Treplew: Wann fängt's denn an, mein lieber Sohn?

Treplew: Im Moment. Bitte sich zu gedulden.

Arkadina: zitiert aus Hamlet: »Mein Sohn, du kehrst die Augen recht ins Innre mir; da seh ich Flecke, tief und schwarz gefärbt, die nicht von Farbe lassen.«

Treplew aus Hamlet: »Sprich, warum ergabst du dich der Schmach und suchtest Liebe im Schweiß und Brodem eines edlen Betts?« –

Hinter der Bühne ertönt ein Hornsignal. – Meine Herrschaften, es geht los! Ich bitte um Aufmerksamkeit. Pause. Ich beginne. – Klopft mit einem Stöckchen und spricht laut. – O ihr, ehrwürdige alte Schatten, die ihr zur Nachtzeit über diesem See hinschwebt, senket den Schlummer auf unsere Augen und lasst uns im Traume schauen, was nach zweihundert Jahrtausenden sein wird!

Ssorin: Nach zweihundert Jahrtausenden wird nichts mehr sein.

Treplew: Wohl, so mögen sie uns dieses Nichts schauen lassen!

Arkadina: Los also! Wir schlafen. – Der Vorhang geht auf; man erblickt den See; der Mond schwebt über dem Horizont, im Wasser sein Spiegelbild; auf einem großen Stein sitzt Nina Sarjetschnaja, ganz in Weiß. –

Nina: Menschen, Löwen, Adler und Feldhühner, geweihtragende Hirsche, Gänse, Spinnen, schweigsame Fische, die im Wasser wohnten, Seesterne und all die Wesen, die dem Auge nicht sichtbar waren, mit einem Wort: alles Leben, alles Leben, alles Leben ist erloschen, nachdem es seinen traurigen Kreislauf vollendet hat … Seit vielen tausend Äonen bereits trägt die Erde nicht ein Lebewesen mehr, und dieser arme Mond lässt sein Licht vergeblich strahlen. Nicht erwachen auf der Wiese mit Geschrei die Kraniche, nicht mehr hört man die Maikäfer schwirren in den Lindenhainen. Es ist so kalt, so kalt, so kalt. Es ist so leer, so leer, so leer. Es ist so schaurig, so schaurig, schaurig. – Pause. – Die Körper der Lebewesen sind zu Staub zerfallen, die ewige Materie hat sie in Steine, in Wasser, in Wolken verwandelt, und ihrer aller Seelen sind in eine einzige zusammengeflossen. Diese eine, gemeinsame Weltseele bin ich … ich … In mir ist die Seele Alexanders des Großen und Cäsars, Napoleons und die Seele des letzten Blutegels. In mir ist das Bewusstsein der Menschen mit den Instinkten der Tiere verschmolzen, und ich erinnere mich an alles, alles, alles, und jedes Leben durchlebe ich in mir selbst von neuem. Es zeigen sich Irrlichter.

Arkadina leise: Das scheint was Dekadentes zu sein?

Treplew bittend und zugleich vorwurfsvoll: Mama!

Nina: Ich bin so einsam. Einmal in hundert Jahren öffne ich den Mund, um zu reden, und meine Stimme klingt traurig in dieser Öde, und niemand hört mich … Auch ihr, bleiche Lichter, hört mich nicht … Vor dem Morgengrauen gebiert euch der faulige Sumpf, und ihr irret umher, bis das Frührot schimmert, gedanken- und willenlos, ohne das Vibrieren des Lebens. Aus Furcht, dass nicht in euch Leben entstehe, lässt der Teufel, der Vater der ewigen Materie, jeden Augenblick in euch, gleichwie in den Steinen und im Wasser, die Atome durcheinanderwirbeln, dass ihr unaufhörlich euch wandelt. Im Weltall bleibt beständig und unveränderlich einzig der Geist. – Pause. – Wie ein Gefangener, in einen tiefen und leeren Brunnen geworfen, weiß ich nicht, wo ich bin und was meiner harret. Nur so viel ist mir kund, dass ich in dem harten, erbitterten Kampfe mit dem Teufel, dem Urprinzip der materiellen Kräfte, siegen werde und dass alsdann, wenn Materie und Geist in herrlicher Harmonie sich vereinigt haben, die Herrschaft des Weltwillens anbrechen wird. Das aber wird erst allmählich geschehen, wenn im Verlauf einer langen, langen Reihe von Jahrtausenden der Mond und der hell leuchtende Sirius und die Erde in Staub verwandelt sein werden. Bis dahin herrschet nur Schrecken, Schrecken … – Pause; im Hintergrunde des Sees erscheinen zwei rote Punkte. – Dort nahet schon, mein mächtiger Gegner, der Teufel – ich sehe seine schrecklichen, blutroten Augen …

Arkadina: Es riecht nach Schwefel. Gehört das mit dazu?

Treplew: Ja.

Arkadina lacht: So – recht effektvoll!

Treplew: Mama!

Nina: Er langweilt sich ohne den Menschen …

Polina Andrejewna zu Dorn: Sie haben den Hut abgenommen. Setzen Sie ihn auf, sonst erkälten Sie sich.

Arkadina: Der Doktor zieht den Hut vor dem Teufel, dem Vater der ewigen Materie.

Treplew aufbrausend, laut: Das Stück ist aus! Schluss! Den Vorhang herunter!

Arkadina: Warum bist du böse?

Treplew: Schluss! Den Vorhang! Rasch, den Vorhang! Stampft mit dem Fuß auf. Vorhang herunter! – Der Vorhang fällt. – Verzeihen Sie, meine Herrschaften, ich hatte ganz übersehen, dass nur wenige Auserwählte Stücke schreiben und Komödie spielen dürfen. Ich habe ein Monopol verletzt. Mir … ich … – Er will noch etwas sagen, geht dann aber, jäh, mit einer Handbewegung, nach links ab. –

Arkadina: Was ist ihm denn?

Ssorin: Hör mal, Irina – so darf man mit der Eigenliebe eines jungen Mannes nicht spielen!

Arkadina: Was hab' ich ihm denn gesagt?

Ssorin: Du hast ihn beleidigt!

Arkadina: Er hatte uns doch immer gesagt, es handle sich nur um einen Scherz. Na – und da hab' ich sein Stück eben als einen Scherz behandelt.

Ssorin: Immerhin …

Arkadina: Jetzt stellt sich's auf einmal heraus, dass er ein großes Opus gedichtet hat! Nun sag einer, diese Aufführung, diese Schwefeldünste sollten durchaus kein Scherz sein, sondern eine Demonstration! … Er wollte uns belehren, wie man schreiben, was man spielen soll! Die Sache wird schließlich langweilig. Diese ewigen Ausfälle gegen mich, diese Nadelstiche, wenn du willst, sind unerträglich. Ein eigensinniges, eitles Bürschchen!

Ssorin: Er wollte dir einen Genus bereiten.

Arkadina: Meinst du? Warum hat er dann nicht das erste beste Stück ausgesucht, statt uns mit seinen dekadenten Fieberphantasien anzuöden? Als Scherz lass' ich mir so was gefallen, aber hier sind doch Ansprüche, das sollten neue Formen sein, eine neue Ära in der Kunst? Nach meiner Ansicht sind das keine neuen Formen – sondern nur Ungezogenheit.

Trigorin: Jeder schreibt, wie er will und kann.

Arkadina: Mag er schreiben, wie er will und kann, nur soll er mich in Ruhe lassen.

Dorn: Du zürnest, Jupiter ...

Arkadina: Ich bin kein Jupiter, sondern eine Frau. Zündet sich eine Zigarette an. Ich zürne ihm durchaus nicht, es ärgert mich nur, dass ein junger Mensch auf so fade Art seine Zeit verbringt. Ich wollte ihn nicht kränken.

Medwjedenko: Niemand hat ein Recht dazu, zwischen Gott und Materie einen Gegensatz anzunehmen, da vielleicht auch der Geist aus materiellen Atomen besteht. – Zu Trigorin, lebhaft. – Wissen Sie, was man einmal in einem Stücke schildern und auf der Bühne darstellen lassen sollte? Unser Schulmeisterdasein! Ja, man hat's recht, recht schwer!

Arkadina: Ganz recht – aber jetzt lassen wir alle Theaterstücke und Atome! Ein prächtiger Abend! – Lauscht. – Gesang – hören Sie, Herrschaften? Wie schön!

Polina Andrejewna: Das ist auf dem anderen Ufer. – Pause. –

Arkadina zu Trigorin: Setzen Sie sich zu mir. Vor zehn, fünfzehn Jahren hörte man hier am See fast jede Nacht ununterbrochen Musik und Gesang. Sechs Gutshöfe liegen an dem See – ich weiß noch, das gab ein Lachen, Lärmen und Büchsenknallen – und lauter Romane. – Und der Abgott aller dieser sechs Höfe, der erste Liebhaber war hier ... – Sie nickt mit dem Kopfe nach Dorn. – ... unser Doktor Jewgeni Ssergejewitsch. Er ist auch heut noch bezaubernd, damals aber war er unwiderstehlich. Doch mich beginnt das Gewissen zu quälen. Warum hab' ich meinen armen Jungen gekränkt? Ich bin unruhig. Laut. Kostja! Mein Sohn! Kostja!

Mascha: Ich will ihn suchen gehen.

Arkadina: Tun Sie's, meine Liebe!

21

Mascha geht nach links: A-u! A-u! Konstantin Gawrilowitsch! A-u! – Ab. –

Nina tritt hinter der Bühne hervor: Die Vorstellung scheint abgebrochen – ich darf also wohl hervorkommen. Guten Abend! – Küsst Arkadina und Polina Andrejewna. –

Ssorin: Bravo! Bravo!

Arkadina: Bravo! Bravo! Wir haben Sie bewundert. Mit diesem Äußern, dieser wundervollen Stimme dürfen Sie nicht auf dem Lande bleiben. Es wäre sündhaft. Sie haben entschieden Talent. Hören Sie? Sie *müssen* zur Bühne gehen.

Nina: Oh, das ist mein Traum! Seufzt. Aber er wird nie in Erfüllung gehen.
Arkadina: Wer weiß? Erlauben Sie, dass ich Sie bekannt mache: Trigorin, Boris Alexejewitsch.

Nina: Ach, welche Freude ... Verwirrt. Ich lese alles, was Sie schreiben ...

Arkadina lässt sie neben sich Platz nehmen: Nicht so verlegen, mein Kind! Er ist zwar ein berühmter Mann, aber dabei ein schlichtes Gemüt. Sehen Sie doch, er ist selbst verlegen geworden.

Dorn: Ich denke, jetzt kann man den Vorhang aufziehen –es ist so unheimlich.
Schamrajew laut: Jakow! Zieh mal den Vorhang auf! – Der Vorhang geht auf. –

Nina zu Trigorin: Ein seltsames Stück, nicht wahr?

Trigorin: Ich habe nichts davon verstanden. Übrigens habe ich mit Vergnügen zugesehen. Es lag so viel Aufrichtigkeit in Ihrem Spiel. Auch die Dekoration war wundervoll. – Pause. – Es gibt wohl viele Fische hier im See?

Nina: Ja.

Trigorin: Ich angle sehr gern. Ich kenne keinen größeren Genuss, als gegen Abend am Ufer zu sitzen und nach dem Angelkork zu schauen.

Nina: Ich sollte meinen, dass für jemand, der den Genus des künstlerischen Schaffens kennt, alle anderen Genüsse überhaupt nicht mehr existieren.

Arkadina laut: Reden Sie nicht so. Wenn man ihm mit schönen Worten kommt, gerät er vollends außer Fassung.

Schamrajew: Ich erinnere mich, wie mal in der Oper in Moskau der berühmte Silwa das tiefe C sang. Auf der Galerie saß zufällig ein Bassist von unserem Kirchenchor, und mit einem Mal erdröhnte, eine ganze Oktave tiefer, von oben her der Ruf: »Bravo, Silva!« – so etwa: In tiefem Bass. »Bravo, Silva!« Sie können sich vorstellen, wie verblüfft alles war – das Publikum war einfach starr! – Pause. –

Dorn: Ein Engel schwebt vorüber.

Nina: Und ich muss fort. Leben Sie wohl!

Arkadina: Wohin? Wohin so früh? Wir lassen Sie nicht fort.

Nina: Papa erwartet mich.

Arkadina: Wie unrecht von ihm, dass er … Küsst sie. Nun, was ist da zu tun? Schade, dass sie schon gehen.

Nina: Wenn sie wüssten, wie schwer es mir fällt!

Arkadina: Vielleicht könnte Sie jemand begleiten, mein Kindchen?

Nina erschrocken: O, nein, nein!

Ssorin bittend: Bleiben sie doch!

Nina: Unmöglich, Pjotr Nikolajewitsch!

Ssorin: Nur auf ein Stündchen, wie?

Nina sinnt ein Weilchen nach, unter Tränen: Es geht wirklich nicht. – Drückt seine Hand, dann rasch ab. –

Arkadina: Ein unglückliches Mädchen eigentlich. Ihre verstorbene Mutter soll alles dem Gatten vermacht haben, das ganze große Vermögen, bis auf die letzte Kopeke. Der hat nun wieder zugunsten seiner zweiten Frau verfügt, so dass das arme Kind jetzt ganz mittellos dasteht. Empörend!

Dorn: Ein ganz gehöriges Rindvieh, ihr Vater – das muss ihm der Neid lassen.

Ssorin sich die kalten Hände reibend: Wir wollen hineingehen, meine Herrschaften – es wird feucht. Ich spür's in den Beinen.

Arkadina: Sie sind schon ganz steif. Du gehst ja kaum. Na, komm, alter Unglücksmensch! Fasst ihn unter den Arm.

Schamrajew reicht seiner Frau den Arm: Madame?

23

Ssorin: Ich höre den Hund wieder heulen. Zu Schamrajew. Lassen Sie ihn von der Kette, Ilja Afanassjewitsch, seien Sie so freundlich!

Schamrajew: Das kann ich nicht, Pjotr Nikolajewitsch, ich fürchte, die Diebe brechen in den Speicher ein. Ich hab' jetzt die Hirse aufgeschüttet. – Zu Medwjedenko, der neben ihm hergeht. – Ja, um eine ganze Oktave tiefer: »Bravo Silwa!« Und das war kein berühmter Sänger, sondern einfach einer vom Kirchenchor.

Medwjedenko: Wie viel Gehalt mag wohl solch ein Chorsänger bekommen? – Alle ab, außer Dorn. –

Dorn allein: Ich weiß nicht – vielleicht versteh' ich nichts davon oder ich bin schwachsinnig geworden – aber das Stück hat mir gefallen. Es liegt was drin. Als dieses Mädchen von der Einsamkeit sprach, und dann, als die roten Teufelsaugen erschienen – da zitterten mir die Hände vor Erregung … So frisch, so naiv … Dort scheint er zu kommen. Ich will ihm recht viel Angenehmes sagen …

Treplew erscheint: Alles fort …

Dorn: : Ich bin noch da.

Treplew: Maschenka läuft im Park herum und sucht mich. Ein unausstehliches Geschöpf.

Dorn: Ihr Stück hat mir außerordentlich gefallen, Konstantin Gawrilowitsch. Es ist so seltsam. Den Schluss hab' ich nicht gehört – und doch hat's einen starken Eindruck auf mich gemacht. Sie sind begabt, Sie müssen weiterschreiben. Treplew drückt ihm kräftig die Hand und umarmt ihn hastig.

Dorn: Wie nervös Sie sind! Pfui doch! Und Tränen in den Augen … Was ich noch sagen wollte: Sie haben ein abstraktes Sujet gewählt. Recht so! Ein Kunstwerk muss unbedingt irgendeinen großen Gedanken zum Ausdruck bringen. Schön kann nur sein, was ernst ist … Wie bleich Sie sind!

Treplew: Sie meinen also, ich soll fortfahren?

Dorn: Ja. Aber schildern Sie nur das Bedeutungsvolle, nur das Ewige. Sie wissen, ich habe mein Leben abwechslungsreich und geschmackvoll verbracht; aber wenn ich jenen Zustand geistiger Erhebung kennenlernen sollte, in dem der Künstler zur Zeit des Schaffens sich befindet – ich glaube, ich würde meine materielle Hilfe nebst allem, was ihr eigen ist, verachten und immer weiter vom Irdischen fort zur Höhe aufstreben.

Treplew: Verzeihen sie, wo ist die Sarjetschnaja?

24

Dorn: Und dann noch eins: Ein dichterisches Werk muss eine klare, bestimmte Grundidee haben. Sie müssen wissen, warum sie schreiben; wenn Sie auf diesem malerischen Wege ohne bestimmtes Ziel fortfahren, werden Sie sich verirren und an Ihrem eigenen Talent zugrunde gehen.

Treplew ungeduldig: Wo ist die Sarjetschnaja?

Dorn: Sie ist nach Hause gefahren.

Treplew verzweifelt: Was soll ich tun? Ich will sie sehen … Ich muss sie notwendig sehen … Ich will hinfahren …

Mascha tritt auf.

Dorn zu Treplew: Beruhigen sie sich, mein Freund!

Treplew: Ich fahre aber trotzdem. Ich muss hinfahren.

Mascha: Gehen Sie ins Haus, Konstantin Gawrilowitsch. Ihre Mama erwartet Sie. Sie beunruhigt sich.

Treplew: Sagen Sie ihr, dass ich weggefahren bin. Und ich bitte euch alle: lasst mich in Ruhe! Lasst mich! Lauft mir nicht immer nach!

Dorn: Na, na, na, mein Lieber … so geht das nicht … Das ist nicht gut so …
Treplew unter Tränen: Leben sie wohl, Doktor. Ich danke Ihnen. – Ab. –

Dorn mit einem Seufzer: Die Jugend, die Jugend!

Mascha: Wenn man sonst nichts zu sagen hat, sagt man: »Die Jugend, die Jugend!« – Nimmt eine Prise. –

Dorn nimmt ihr die Schnupftabakdose fort und wirft sie ins Gebüsch: Scheußlich! – Pause. –

Drinnen spielen sie schon, wie es scheint. Gehen wir!

Mascha: Einen Augenblick ...

Dorn: Was?

Mascha: Ich möchte Ihnen was sagen … Erregt. Meinen Vater liebe ich nicht …Sie aber sind meinem Herzen nahe. Ich fühle mit meiner ganzen Seele, dass Sie mir nahestehen … Helfen Sie mir doch … helfen Sie mir, sonst begeh' ich irgendeinen dummen Streich ... Ich zertrete mein Leben ... verpfusche es für immer ... Ich halt's nicht länger aus ...

Dorn: Was? Worin soll ich Ihnen helfen?

Mascha: Ich leide. Niemand, niemand weiß, wie schwer ich leide. Lehnt ihren Kopf an seine Brust, leise. Ich liebe Konstantin.

Dorn: Wie nervös sie alle sind! Wie nervös! Und wie verliebt ... Oh, dieser verhexte See! Zärtlich. Aber was kann ich dagegen tun, mein Kind? Was? Was?

Der Vorhang fällt.

Zweiter Aufzug

Ein Krocketplatz. Rechts im Hintergrund ein Haus mit großer Terrasse, links sieht man den See, in dem die Sonne sich im Reflex spiegelt. Blumenbeete. Mittag. Es ist heiß.

Arkadina zu Mascha: Stehen wir mal auf. Beide erheben sich. Stellen wir uns nebeneinander. Sie sind zweiundzwanzig Jahre, und ich bin fast doppelt so alt.

Jewgeni Ssergejewitsch, wer von uns beiden sieht jugendlicher aus?

Dorn: Sie natürlich.

Arkadina: Sehen Sie? Und woher kommt das? Weil ich arbeite, weil ich empfinde, ewig in Bewegung bin, während Sie immer auf einer Stelle sitzen und nicht leben. – Und dann hab' ich den Grundsatz, nie in die Zukunft schauen. Ich denke nie ans Alter, nie an den Tod. Was kommen muss, dem entgeht man nicht.

Mascha: Und ich habe das Gefühl, als wär' ich schon vor langer, langer Zeit geboren; ich schleife mein Leben hinter mir her wie eine endlose Schleppe … und oft verlier' ich alle Lust zu leben. Setzt sich. Natürlich ist das alles Unsinn. Man muss sich ermannen, muss das alles von sich abschütteln.

Dorn singt leise: »O sagt ihr, meine holden Blumen ...«

Arkadina: Dabei halt' ich mich korrekt wie ein Engländer. Ich bin immer adrett, meine Liebe – Toilette, Frisur – alles comme il faut. Dass ich mir mal erlauben würde, in der Morgenjacke oder unfrisiert aus dem Hause zu gehen, wenn auch nur in den Garten … niemals! Das hat mich eben konserviert, dass ich nie salopp war, mich nie habe gehenlassen, wie so manche … Geht, die Arme in die Hüften stemmend, über den Platz. Da, sehen Sie – wie ein Vögelchen. Könnte ohne weiteres noch eine Fünfzehnjährige spielen.

Dorn: Das soll mich nicht hindern, trotz alledem in der Lektüre fortzufahren. Nimmt das Buch. Wir waren beim Krämer und den Ratten stehengeblieben ...

Arkadina: Und den Ratten. Lesen Sie. Setzt sich. Oder nein, geben Sie her – ich werde lesen. Ich bin an der Reihe. Nimmt das Buch und sucht Dorn mit den Augen. Und den Ratten … da … liest.»Und natürlich ist's für Leute von Welt ebenso gefährlich, Romanschriftsteller an sich zu ziehen und ihnen den Hof zu machen, wie etwa für den Krämer, in seinen Speichern Ratten zu züchten. Und dennoch liebt man sie. Und wenn eine Frau sich einen Schriftsteller erkoren hat, den sie an sich zu locken wünscht, so attackiert sie ihn erst mit Komplimenten, kleinen Liebenswürdigkeiten und Gefälligkeiten.« – Na, das ist bei den Franzosen so – bei uns dagegen gibt es nichts dergleichen, da geschieht alles ohne Programm. Bei uns ist eine Frau, bevor sie noch den Schriftsteller zu fesseln vermag, gewöhnlich schon selbst bis über die Ohren in ihn verschossen. Ja, meine Verehrten, Sie brauchen nicht weit zu suchen – nehmen Sie nur mich und Trigorin.

– Ssorin kommt, auf einen Stock gestützt, und mit ihm zugleich Nina. Medwjedenko schiebt den leeren Rollstuhl hinter ihnen her. –

Ssorin liebkosend, wie man zu Kindern spricht: Wirklich? Wir haben also mal eine Freude? Sind also vergnügt am Ende? Zur Schwedter. Wir haben heute eine Freude! Der Vater und die Stiefmutter sind nach Twer gefahren, und wir sind für ganze drei Tage jetzt frei.

Nina setzt sich neben die Arkadina und umarmt sie: Ich bin glücklich. Ich gehöre jetzt Ihnen.

Ssorin nimmt in seinem Rollstuhl Platz: Sie ist heute so hübsch.

Arkadina: So nett gekleidet, so interessant … Das ist vernünftig. Küsst Nina: Aber man darf sie nicht zu sehr loben, das bringt Unglück. Wo ist Boris Alexejewitsch?

Nina: Im Badehaus, er angelt.

Arkadina: Dass ihn das nicht langweilt! Will in der Lektüre fortfahren.

Nina: Was lesen Sie?

Arkadina: Maupassant. »Auf dem Wasser«, mein Herzchen. Liest ein paar Zeilen für sich. Nun, was weiter kommt, ist nicht interessant und nicht wichtig. Macht das Buch zu. Ich bin so unruhig. Sag mir, was ist mit meinem Sohn? Warum ist er so übel gelaunt und so schroff? Er verbringt ganze Tage auf dem See, und ich sehe ihn fast gar nicht.

Mascha: Ihm ist nicht wohl ums Herz. Zu Nina, schüchtern. Bitte, tragen sie uns etwas aus seinem Stücke vor!

Nina mit einem Achselzucken: Wollen Sie wirklich? Es ist so uninteressant!

Mascha mit verhaltenem Entzücken: Wenn er selbst etwas vorträgt, dann glühen seine Augen, und sein Gesicht wird ganz bleich. Er hat eine schöne, traurige Stimme; und Manieren – ganz wie ein Dichter. – Man hört Ssorins Schnarchen. –

Dorn: Gute Nacht!

Arkadina: Petruschka!

Ssorin: Hä?

Arkadina: Du schläfst?

Ssorin: Bewahre! – Pause. –

Arkadina: Du tust nichts für deine Gesundheit; das ist nicht recht; Bruder.

Ssorin: Ich möcht's schon, aber hier der Doktor will nicht.

Dorn: Was ist da viel zu machen bei einem Sechziger!

Ssorin: Auch ein Sechziger will noch leben.

Dorn ärgerlich: Ah! Nun, nehmen Sie Baldriantropfen.

Arkadina: Ich glaube, eine Badekur würde ihm gut tun.

Dorn: Vielleicht – vielleicht auch nicht.

Arkadina: Daraus soll man klug werden.

Dorn: Was heißt klug werden, es ist doch alles klar. – Pause. – Medwjedenko, Pjotr Nikolajewitsch, Sie sollten das Rauchen lassen.

Medwjedenko: Unsinn.

Dorn: Nein, kein Unsinn. Wein und Tabak berauben den Menschen seiner Persönlichkeit. Nach einer Zigarre oder einem Glas Wein sind Sie nicht mehr Pjotr Nikolajewitsch plus noch jemand. Ihr Ich zerfließt gleichsam, und Sie verhalten sich zu sich selbst wie zu einer dritten Person, einem »Er«.

Ssorin lacht: Sie haben gut reden. Sie haben etwas von Ihrem Leben gehabt – und ich? Ich habe achtundzwanzig Jahre im Justizressort gedient, aber noch nicht gelebt, noch nichts erlebt, am Ende, und selbstverständlich habe ich da ein starkes Verlangen nach dem Leben. Sie sind gesättigt, gleichgültig geworden und neigen daher zur Philosophie – ich aber will leben und trinke darum Sherry zu Tisch, rauche Zigarren. So liegt die Sache.

Dorn: Man muss das Leben ernst nehmen – aber als Sechziger mit dem Kurieren anfangen und darüber jammern, dass man in der Jugend wenig genossen hat – das ist, verzeihen sie – Leichtsinn.

Mascha erhebt sich: 's ist wohl schon Zeit zum Frühstücken. Geht mit trägem, schleppendem Gange. Mein Bein ist eingeschlafen. – Ab. –

Dorn: Jetzt geht sie und trinkt noch vor dem Frühstück ihre zwei Gläschen.

Ssorin: Hat eben kein persönliches Glück, die Ärmste.

Dorn: Nicht so schlimm, Exzellenz!

Ssorin: Sie reden wie ein satter Mensch.

Arkadina: Ach, was kann's Langweiligeres geben als diese liebe ländliche Langeweile! Es ist heiß und still, kein Mensch tut etwas, alles philosophiert … Es ist ganz schön hier bei euch, meine Freunde, man hört euch mit Vergnügen zu, aber … in seinem Hotelzimmer sitzen und seine Rolle studieren – ist doch, weiß Gott, schöner!

Nina begeistert: Schön! … ich verstehe Sie.

Ssorin: Gewiss, in der Stadt ist's schöner. Man sitzt in seinem Kabinett, der Diener lässt niemand ohne Anmeldung vor, man hat Telefon … Droschken vor der Tür und so …

– Dorn singt für sich. Schamrajew tritt ein, hinter ihm Polina Andrejewna. –

Schamrajew: Da sind unsere Herrschaften. Guten Tag! – Küsst zuerst Frau Arkadina und dann Nina die Hand. – Sehr erfreut, Sie munter zu sehen. Zu Arkadina: Meine Frau sagte, Sie wollten heut mit ihr in die Stadt fahren. Stimmt das?

Arkadina: Ja, wir haben die Absicht.

Schamrajew: Hm … Das ist ja großartig, aber wie wollen Sie denn hinfahren, Verehrteste? Heut wird bei uns der Roggen geerntet. Alle Arbeiter sind beschäftigt. Welche Pferde wollen Sie nehmen, wenn ich fragen darf?

Arkadina: Welche Pferde? Wie soll ich das wissen?

Ssorin: Wir haben doch die Kutschpferde!

Schamrajew erwägt: Die Kutschpferde, so – und woher soll ich die Geschirre nehmen? Das ist ja wundervoll! Nicht zu glauben! Verzeihen Sie, Verehrteste – ich bewundere ihr Talent, bin bereit, zehn Jahre meines Lebens für Sie hinzugeben, aber Pferde kann ich Ihnen nicht geben.

Arkadina: Aber wenn ich fahren muss? Sonderbar!

Schamrajew: Verehrteste! Sie wissen nicht, was Wirtschaft heißt.

Arkadina aufbrausend: Die alte Geschichte. Dann reise ich noch heut nach Moskau ab. Lassen Sie für mich Pferde im Dorf besorgen, sonst geh' ich zu Fuß zur Bahnstation.

Schamrajew aufbrausend: In diesem Falle verzichte ich auf meine Stelle. Suchen sie sich einen anderen Verwalter. – Ab. –

Arkadina: Jeden Sommer dasselbe. Jeden Sommer muss ich mich hier beleidigen lassen. Nie wieder setz' ich meinen Fuß hierher. – Ab nach links, wo das Badehaus angenommen wird; einen Augenblick später sieht man sie ins Haus eintreten, hinter ihr Trigorin mit Angeln und einem Eimer. –

Ssorin aufbrausend: Das ist eine Unverschämtheit! Das ist – der Teufel weiß was! Ich hab' das jetzt satt. Sofort soll man alle Pferde herschaffen!

Nina zu Polina Andrejewna: Irina Nikolajewna etwas abzuschlagen! Einer so berühmten Künstlerin! Ist nicht jeder ihrer Wünsche, ja selbst eine Laune wichtiger als Ihre ganze Wirtschaft? Einfach unglaublich!

Polina Andrejewna verzweifelt: Was kann ich denn dafür? Versetzen sie sich in meine Lage … was kann ich denn dafür?

Ssorin zu Nina: Kommen Sie mit mir zur Schwester. Wir wollen sie alle bitten, dass sie nicht abreist. Nicht wahr? Blickt nach der Richtung, in der Schamrajew sich entfernt hat. Ein unausstehlicher Mensch! Ein Despot.

Nina hält ihn vom Aufstehen zurück: Bleiben Sie sitzen, bleiben Sie sitzen … Wir fahren Sie hin … – Schiebt mit Medwjedenko den Stuhl. – Oh, wie schrecklich!

Ssorin: Ja, ja, das ist schrecklich … Aber er wird nicht gehen, ich will gleich mit ihm reden. – Ab, nur Dorn und Polina Andrejewna bleiben zurück. –

Dorn: Die Menschen sind doch langweilig. Eigentlich sollte man Ihrem Mann sofort den Laufpass geben – und schließlich wird das Ende vom Lied sein, dass Pjotr Nikolajewitsch, dieses alte Weib, und seine Schwester ihn um Entschuldigung bitten. Sie werden sehen!

Polina Andrejewna: Er hat die Kutschpferde wirklich aufs Feld geschickt. Jeden Tag solche Missverständnisse. Wenn Sie wüssten, wie mich das aufregt! Ich werde krank davon, sehen Sie doch, wie ich zittre … Ich ertrage seine Rohheiten nicht länger. Flehend: Jewgeni, mein Teurer, Geliebter, nehmen sie mich zu sich! Unsere Zeit vergeht, wir sind nicht mehr jung, wenigstens an unserem Lebensende wollen wir uns nicht mehr verstecken, wollen wir nicht mehr lügen ... – Pause. –

Dorn: Ich bin fünfundfünfzig Jahre. 's ist schon zu spät, das Leben zu ändern.

Polina Andrejewna: Ich weiß, Sie schlagen es mir ab, weil außer mir noch andere Frauen Ihnen nahestehen. Alle können Sie nicht zu sich nehmen. Ich verstehe. Verzeihen sie, ich bin Ihnen schon über ...

Nina erscheint in der Nähe des Hauses, sie pflückt Blumen.

Dorn: Ach, nein ...

Polina Andrejewna: Ich leide unter meiner Eifersucht. Gewiss, sie sind Arzt, Sie können die Frauen nicht meiden. Ich verstehe.

Dorn zu Nina, die näher tritt: Wie steht's dort?

Nina: Irina Nikolajewna weint, und Pjotr Nikolajewitsch hat einen Asthmaanfall.

Dorn erhebt sich: Will ihnen beiden Baldriantropfen geben ...

Nina reicht ihm die Blumen: Bitte.

Dorn: Merci bien! Geht nach dem Hause.

Polina Andrejewna geht mit ihm: Was für reizende Blumen! In der Nähe des Hauses mit dumpfer Stimme: Geben sie mir diese Blumen! – Nimmt die Blumen, zerreißt sie und wirft sie fort. Beide gehen ins Haus. –

Nina allein: Wie sonderbar – zu sehen, dass eine berühmte Künstlerin weint, und noch dazu aus einem so nichtigen Anlass! Und ist es nicht sonderbar, ein berühmter Schriftsteller, der Liebling des Publikums – alle Zeitungen schreiben über ihn, man verkauft seine Bilder, übersetzt ihn in fremde Sprachen – und er angelt den ganzen Tag und freut sich, wenn er zwei Plötzen gefangen hat, ich dachte, berühmte Leute seien stolz und unzugänglich, sie verachteten die Menge und rächten sich durch ihren Ruhm, durch den Glanz ihres Namens dafür, dass sie vornehme Herkunft und Reichtum über alles schätzen. Aber sieh da – sie weinen, sie angeln, sie spielen Karten, lachen und ärgern sich, ganz wie die anderen ...

Treplew kommt ohne Hut, mit der Büchse und einer erlegten Möwe: Sie sind hier allein?

Nina: Ja. – Treplew legt ihr die Möwe zu Füßen. – Was bedeutet das?

Treplew: Ich beging die Gemeinheit, heute diese Möwe zu töten. Ich lege sie Ihnen zu Füßen.

Nina: Was ist Ihnen? – Nimmt die Möwe auf und betrachtet sie. –

Treplew nach einer Pause: Bald werde ich mich selbst auf gleiche Weise töten.

Nina: Ich erkenne Sie nicht wieder.

Treplew: Ja – nachdem ich aufgehört habe, Sie wiederzuerkennen. Sie sind mir gegenüber eine andere geworden, Ihr Blick ist kalt, meine Gegenwart ist Ihnen peinlich.

Nina: Sie sind seit einiger Zeit gereizt, drücken sich unverständlich aus, so in Symbolen ... Und diese Möwe ist offenbar auch ein Symbol, aber, verzeihen Sie, ich verstehe Sie nicht ... – Legt die Möwe auf die Bank. – Ich bin zu einfach, um Sie zu verstehen.

Treplew: Es begann an jenem Abend, als mein Stück auf so dumme Weise durchfiel. Frauen verzeihen einen Misserfolg nicht. Ich habe alles verbrannt, alles bis auf den letzten Fetzen. Wenn Sie wüssten, wie unglücklich ich bin! Ihre Kälte ist schrecklich, ganz unfassbar, wie wenn ich aufgewacht wäre und sähe, dass dieser See plötzlich ausgetrocknet oder in der Erde verschwunden ist. Sie sagten eben, Sie seien zu einfach, um mich zu verstehen. Oh, was ist da zu verstehen? Das Stück hat nicht gefallen, sie verachten mein dichterisches Schaffen, Sie halten mich schon für einen Dutzendmenschen, eine Null, wie es deren viele gibt. Stampft mit dem Fuß. Wie gut ich das verstehe! Wie ich das verstehe! Mir sitzt gleichsam ein Nagel im Hirn – verflucht soll er sein, samt seiner Eigenliebe, die mein Blut saugt ... saugt wie eine Schlange ... – Er sieht Trigorin, der, in einem Buche lesend, näher kommt. – Da kommt das wahre Talent, er schreitet daher wie Hamlet – und gleichfalls mit einem Buche. Nachäffend. »Worte, Worte, Worte!« Die Sonne ist noch gar nicht an Sie herangekommen, und Sie lächeln schon, Ihr Blick ist geschmolzen unter ihren Strahlen. Ich will Sie nicht stören. – Rasch ab. –

Trigorin macht Notizen in ein Buch: Schnupft und trinkt Schnaps ... Immer in Schwarz. Ein Lehrer liebt sie ...

Nina: Guten Tag, Boris Alexejewitsch!

Trigorin: Guten Tag! Die Umstände haben sich wider Erwarten so gefügt, dass wir vermutlich heut abreisen. Ich werde Sie kaum jemals wiedersehen. Schade. Ich habe nur selten Gelegenheit, jungen Mädchen zu begegnen, jungen und interessanten, ich hab's schon vergessen und kann es mir nicht klar vorstellen, wie man mit achtzehn, neunzehn Jahren empfindet, und darum sind auch in meinen Erzählungen die jungen Mädchen gewöhnlich verzeichnet. Möcht' wirklich einmal an Ihrer Stelle sein, wenn auch nur auf eine Stunde, um zu erfahren, wie Sie fühlen, und überhaupt, was für ein Geschöpfchen Sie sind.

Nina: Und ich möcht' gern einmal an Ihrer Stelle sein.

Trigorin: Warum?

Nina: Um zu erfahren, wie sich ein berühmter und –voller Schriftsteller so vorkommt. Wie macht sich die Berühmtheit fühlbar? Wie empfinden Sie es, dass Sie berühmt sind?

Trigorin: Wie? Ich glaube, gar nicht. Ich habe nie darüber nachgedacht. Überlegend. Eins von beiden: entweder Sie überschätzen meine Berühmtheit, oder die Berühmtheit wird überhaupt nicht empfunden.

Nina: Und wenn Sie lesen, was über Sie in den Zeitungen steht?

Trigorin: Lobt man mich, so ist's angenehm, und zieht man über mich her, so bin ich dann zwei tage lang nicht bei Laune.

Nina: Eine seltsame Welt! Wie ich Sie beneide, wenn Sie wüssten! Das Los der Menschen ist so verschieden. Die einen schleppen mühsam ihr langweiliges, unbeachtetes Dasein hin, alle miteinander ähnlich, alle unglücklich; dem andern – Ihnen zum Beispiel, Sie sind einer unter einer Million – wurde ein interessantes, lichtvolles, überquellendes Leben zuteil … Sie sind glücklich – – –

Trigorin: Ich? Zuckt die Achseln. Hm … Sie reden da von Berühmtheit, von Glück, von einem lichtvollen, interessanten Leben – und für mich sind alle diesen schönen Worte – verzeihen Sie – gleich der Marmelade, die ich nie esse. Sie sind sehr jung und sehr gut.

Nina: Ihr Leben ist schön!

Trigorin: Was ist daran besonders schön? Sieht auf die Uhr. Ich muss gleich gehen und schreiben. Entschuldigen sie, ich habe keine Zeit … Lacht. Sie sind mir, wie man zu sagen pflegt, auf mein liebstes Hühnerauge getreten, und da beginne ich mich aufzuregen und ein klein wenig zu ärgern. Übrigens, ja, reden wir davon. Reden wir von meinem schönen, lichtvollen Leben … nun, womit fangen wir an? Sinnt ein wenig nach. Es gibt Zwangsvorstellungen, wenn der Mensch Tag und Nacht immer nur, sagen wir: an den Mond denkt. auch ich habe einen solchen Mond. Tag und Nacht quält mich ohne Unterlass ein und derselbe Gedanke: ich muss schreiben, schreiben, schreiben, – Kaum habe ich eine Erzählung beendet, so treibt es mich sogleich wieder, eine neue zu schreiben, dann eine dritte, nach der dritten eine vierte … ich schreibe ununterbrochen, wie in einer ewigen Flut, und ich kann nicht anders. Was ist daran schön und lichtvoll, frage ich Sie? Oh, was für ein sinnloses Leben! Da sitz' ich nun hier mit Ihnen, bin in Aufregung – und werde dabei nicht einen Augenblick den Gedanken los, dass eine unbeendete Erzählung meiner harrt. Ich sehe die Wolke da, die wie ein Klavier aussieht, gleich denke ich: du musst irgendwo in deiner Erzählung einflechten, dass eine Wolke am Himmel hinzog, die einem Klavier glich. Es riecht nach Heliotrop. Gleich muss ich mir einprägen: ein süßlicher Duft, Witwenfarbe, bei der Schilderung eines Sommerabends zu erwähnen. Ich belauere mich selbst und Sie bei jeder Phrase, bei jedem Wort und beeile mich, all diese Phrasen und Worte schleunigst in meiner literarischen Vorratskammer zu verschließen. Vielleicht kann ich sie mal brauchen. Hab' ich meine Arbeit beendet, so lauf' ich ins Theater oder geh' angeln, hier möcht' ich ausruhn, mich selbst vergessen – aber nein, im Kopfe rollt schon eine eiserne Kugel, ein neues Sujet, und zieht mich schon zum Tisch, und ich muss wieder schreiben und schreiben. Und so geht's in einem fort, in einem fort, und ich hab' keine Ruhe vor mir selbst, und ich fühle, wie ich mein eigenes Leben aufzehre, wie ich um des Honigs willen, den ich da für irgend jemand im weiten Raum sammle, den Staub von meinen schönsten Blumen abstreife und die Blumen selbst zerpflücke und ihre Wurzel zerreiße. Bin ich nicht ein Wahnsinniger? Behandeln mich meine Freunde und Bekannten etwa wie einen Gesunden? »Was haben Sie unter der Feder? Womit werden Sie uns beschenken?« Ewig ein und dasselbe, ein und dasselbe, und es ist mir, als ob diese Aufmerksamkeit der Bekannten, diese Lobsprüche, dieses Entzücken – als ob alles das nur Täuschung wäre, als belöge man mich wie einen Kranken, und ich fürchte bisweilen, sie könnten plötzlich von hinten an mich heranschleichen, mich packen und – mich ins Irrenhaus schleppen. Und in jenen Jahren, in meinen jungen, besten Jahren, da ich anfing zu schreiben, war die Schriftstellerei für mich ein einziges Martyrium. Der kleine Schriftsteller kommt sich, namentlich wenn er kein Glück hat, schwerfällig, ungeschickt, überflüssig vor, seine Nerven sind überreizt, verbraucht; unwiderstehlich zieht's ihn zu den Leuten, die mit Literatur und Kunst zu tun haben, und er umschleicht sie, von niemand beachtet, von niemand anerkannt, und fürchtet sich, den Leuten frei und offen in die Augen zu sehen, wie ein Spieler, der kein Geld hat. Ich kenne meinen Lehrer nicht, in meiner Vorstellung jedoch erscheint er mir, Gott weiß warum, feindselig und misstrauisch. Ich fürchtete das Publikum, hatte eine Heidenangst vor ihm, und wenn ich ein neues Stück von mir zur Aufführung brachte, schien es mir jedes Mal, als wären die Brünetten mir feindselig gesinnt und die Blonden kalt und gleichgültig. Oh, wie entsetzlich war das! Was für eine Qual!

Nina: Erlauben Sie, gibt denn die dichterische Begeisterung und der Prozess des Schaffens selbst Ihnen keine erhabenen, glücklichen Momente?

Trigorin: Ja, das Schreiben macht mir Vergnügen. Auch das Korrekturlesen macht mir Spaß. Kaum aber ist eine Sache im Druck erschienen, so halt ich's nicht mehr aus, und ich sehe, dass es nicht das Rechte ist, ein Fehlschuss, dass ich's überhaupt nicht hätte schreiben sollen, und ich ärgere mich, habe einen moralischen Katzenjammer. Lachend. Das Publikum aber liest es: »Ja, ganz nett, ganz talentvoll … Nett, aber längst kein Tolstoi«, oder: »Eine ganz hübsche Sache, aber ›Väter und Söhne‹ von Turgenjew sind besser.« Und so heißt's bis ans kühle Grab immer nur: »nett und talentvoll«, »nett und talentvoll« – – weiter nichts, und wenn ich tot bin, werden die Bekannten, wenn sie an meinem Grabe vorübergehen, sagen: »Hier liegt Trigorin. Er war ein ganz tüchtiger Schriftsteller, schrieb aber schlechter als Turgenjew.«

Nina: Verzeihen sie, ich verzichte darauf, Sie zu verstehen. Sie sind einfach durch den Erfolg verwöhnt.

Trigorin: Was für ein Erfolg? Ich habe mir selbst als Schriftsteller nie gefallen. Ich liebe mich als Schriftsteller nicht. Das Schlimmste aber ist, dass ich mich gleichsam in einem Rausch befinde und oft nicht verstehe, was sich schreibe … Ich liebe hier dieses Wasser, die Bäume, den Himmel, ich fühle die Natur, sie weckt in mir die Leidenschaft, den unwiderstehlichen Wunsch, zu schreiben. Aber ich bin schließlich nicht nur Landschaftsmaler, ich bin auch Staatsbürger, ich liebe meine Heimat, mein Volk, ich fühle, dass, wenn ich ein Schriftsteller bin, ich die Verpflichtung habe, vom Volk zu reden, von seinen Leiden, seiner Zukunft, ferner von der Wissenschaft, von den Menschenrechten usw. usw., und ich rede von alledem, beeile mich, man treibt mich von allen Seiten an, man ärgert sich über mich, ich springe von einer Seite auf die andere wie ein von Hunden gehetzter Fuchs, ich sehe, dass das Leben und die Wissenschaft stetig vorwärtsschreiten, immer weiter und weiter, während ich immer mehr und mehr zurückbleibe wie ein Bauer, der den Zug versäumt hat, und ich fühle schließlich, dass ich in der Tat nur die Landschaft malen kann, in allem übrigen aber bis in die Knochen falsch und unecht bin.

Nina: Sie gehen ganz in der Arbeit auf und haben weder Zeit noch Lust, sich Ihrer Bedeutung bewusst zu werden. Mögen sie selbst auch mit sich unzufrieden sein – für die andern sind Sie groß und schön! Wenn ich ein Schriftsteller Ihres Ranges wäre, würde ich mein ganzes Leben der Menge opfern, doch würde ich mir darüber vollkommen klar sein, dass das Glück der Menge einzig darin besteht, sich zu mir emporzuheben, und sie würde mich dafür im Triumphwagen hinziehen …

Trigorin: Na, im Triumphwagen … bin ich denn ein Agamemnon? Beide lächeln.

Nina: Für das Glück, eine Schriftstellerin oder Schauspielerin zu sein, würde ich den Hass der Verwandten, Not und Enttäuschung ertragen, würde ich unterm Dach wohnen und nur Schwarzbrot essen, würde ich gern unter der Unzufriedenheit mit mir selbst, unter dem Bewusstsein meiner Unvollkommenheit leiden, aber dafür würde ich dann auch Ruhm … echten, rauschenden Ruhm verlangen … Bedeckt ihr Gesicht mit den Händen. Es schwindelt mir … Uff!

Arkadinas Stimme aus dem Hause: »Boris Alexejewitsch!«

Trigorin: Man ruft mich … Jedenfalls, um mich zu packen. Und ich hab' gar keine Lust, abzureisen ... Blickt nach dem See hin. Da, welche Pracht! Wie schön!

Nina: Sehen sie das Haus und den Garten dort am anderen Ufer?

Trigorin: Ja.

Nina: Das ist das Gut meiner verstorbenen Mutter. Ich bin dort geboren. Ich habe mein ganzes Leben hier am See verbracht und kenne jedes Inselchen darin.
Trigorin: Schön ist's hier bei Ihnen! Er sieht die Möwe. Und was ist das?

Nina: Eine Möwe. Konstantin Gawrilowitsch hat sie geschossen.

Trigorin: Ein schöner Vogel. Ich habe wirklich keine Lust zum Abreisen. Überreden Sie doch Irina Nikolajewna, dass sie bleibt. Macht Notizen in sein Buch.

Nina: Was schreiben Sie da?

Trigorin: Ich mache mir Notizen … Ein Sujet fiel mir ein. Steckt das Buch ein. Der Stoff zu einer kleinen Erzählung: Am Ufer eines Sees lebt von Kindheit an ein junges Mädchen, ganz so wie Sie, es liebt den See und ist glücklich und frei wie die Möwe. Zufällig aber kam ein Mensch, sah die Möwe, und weil er nichts Besseres zu tun hatte, vernichtete er ihr Leben, ganz wie hier das der Möwe. – Pause; im Fenster erscheint Arkadina. –

Arkadina: Boris Alexejewitsch, wo sind Sie?

Trigorin: Gleich! Geht und blickt sich dabei nach Nina um; am Fenster, zur Arkadina. Was gibt's?

Arkadina: Wir bleiben.

Trigorin ab ins Haus.

Nina tritt an die Rampe; nach einigem Nachdenken: Ein Traum! – Vorhang. –

Dritter Aufzug

Ein Speisezimmer im Hause Ssorins. Rechts und links Türen. Ein Büfett. Ein Schrank mit Arzneien. In der Mitte des Zimmers ein Tisch. Ein Koffer und Kartons. Es sind Vorbereitungen zur Abreise bemerkbar.
Trigorin frühstückt, Mascha steht am Tisch.

Mascha: Alles das erzähle ich Ihnen als dem Schriftsteller: Sie können es verwenden. Ich beteuere Ihnen, wenn er sich ernstlich verwundet hätte, wäre ich keine Minute länger am Leben geblieben. Aber ich bin tapfer. Und deshalb habe ich mich entschlossen, diese Liebe aus meinem Herzen zu reißen, und zwar mit der Wurzel.

Trigorin: Wie wollen Sie das machen?

Mascha: Ich verheirate mich. Mit Medwjedenko.

Trigorin: Mit dem Lehrer?

Mascha: Ja.

Trigorin: Ich sehe diese Notwendigkeit nicht ein.

Mascha: Hoffnungslos zu lieben, jahrelang immer auf irgend etwas zu warten ... Wenn ich heirate, werde ich an andere Dinge zu denken haben als an Liebe, die neuen Sorgen werden alles Alte vergessen machen. Und dann, sehen Sie, ist es immerhin eine Veränderung. Wollen wir noch einen trinken?

Trigorin: Wird's Ihnen nicht zu viel?

Mascha: Ach was! Schenkt die Gläser wieder voll. Sehen sie mich nicht so an. Frauen trinken häufiger, als Sie glauben. Die wenigsten trinken offen, wie ich, die meisten aber tun es heimlich. Ja. Und immer Branntwein oder Kognak. Stößt an. Prosit! Sie sind ein einfacher Mensch, es tut einem leid, von Ihnen Abschied nehmen zu müssen! – Sie trinken. –

Trigorin: Ich selbst reise ungern.

Mascha: So bitten Sie, dass sie bleibt.

Trigorin: Nein, jetzt wird sie nicht mehr bleiben. Der Sohn benimmt sich äußerst taktlos. Erst schießt er auf sich selbst, und jetzt, heißt es, will er mich fordern. Und weshalb? Schmollt, prustet, predigt neue Formen ... Es gibt doch genug Platz für alle. Für die neuen und die alten – wozu also das Drängen?

Mascha: Nun, vielleicht ist's auch Eifersucht. Übrigens, das geht mich nichts an. – Eine Pause. Jakow geht von links nach rechts mit einem Koffer durch das Zimmer; Nina kommt herein und bleibt am Fenster stehen. –

Mascha: Mein Schulmeister ist nicht allzu klug, aber ein guter Kerl und ein armer Teufel, und er liebt mich sehr. Er tut mir leid, und auch sein altes Mütterchen tut mir leid. Nun, erlauben Sie, dass ich Ihnen alles Gute wünsche. Behalten Sie mich in gutem Andenken. – Drückt kräftig seine Hand. – Bin Ihnen sehr dankbar für Ihre freundliche Zuneigung. Schicken Sie mir Ihre Werke, aber unbedingt mit einer Widmung, und, bitte, schreiben Sie nicht »der Verehrten« usw., sondern »an Maria, die nirgends hingehört und nicht weiß, wozu sie auf dieser Welt lebt«. Leben Sie wohl! – Ab. –

Nina zu Trigorin, die zur Faust geballte Hand hinstreckend: Gerade oder ungerade?

Trigorin: Gerade.

Nina seufzend: Ach nein. Ich habe nur eine Erbse in der Hand. Ich wollte das Orakel befragen, ob ich Schauspielerin werden soll oder nicht. Wenn mir doch jemand raten wollte!

Trigorin: Da lässt sich nicht raten ... – Pause. –

Nina: Jetzt scheiden wir, und ... vielleicht sehen wir uns nie wieder. Ich bitte Sie, dieses kleine Medaillon als Andenken von mir anzunehmen. Ich habe Ihre Initialen eingravieren lassen ... und hier auf dieser Seite den Titel Ihres Buches: »Tage und Nächte«.

Trigorin: Wie graziös! Er küsst das Medaillon. Ein entzückendes Geschenk.

Nina: Denken Sie zuweilen an mich.

Trigorin: Ich werde an Sie denken. Ich werde mich an Sie erinnern, wie Sie an jenem bedeutsamen Tage waren – wissen Sie noch? – Vor acht Tagen, als Sie das helle Kleid anhatten ... Wir sprachen miteinander ... damals lag auf der Bank noch die weiße Möwe.

Nina nachdenklich: Ja, die Möwe. – Pause. – Wir können nicht länger miteinander sprechen. Es kommt jemand ... Schenken Sie mir noch zwei Minuten vor Ihrer Abreise. Ich flehe Sie an ... – Geht nach links ab; gleichzeitig kommen von rechts die

Arkadina, Ssorin im Frack mit Ordensstern, dann Jakow, der mit dem Gepäck zu tun hat. –

Arkadina: Bleib zu Hause, Alter. Kannst du denn mit deinem Rheumatismus Besuche machen? Zu Trigorin. Wer ist hier eben fortgegangen? Nina?

Trigorin: Ja.

Arkadina: Pardon, wir haben gestört ... Ich glaube, ich habe alles eingepackt. Halb tot bin ich.

Trigorin liest aus dem Medaillon: »Tage und Nächte«, Seite 121, Zeilen 11 und 12.

Jakow: Befehlen Sie, die Angeln auch einzupacken?

Trigorin: Ja, die werde ich noch brauchen. Die Bücher kannst du verschenken.

Jakow: Jawohl, gnädiger Herr!

Trigorin für sich: Seite 121, Zeilen 11 und 12. Wie lauten diese Zeilen? Zu Arkadina. Sind hier im Hause meine Schriften vorhanden?

Arkadina: Im Arbeitszimmer meines Bruders, im Eckschrank.

Trigorin: Seite 121. ... – Geht ab. –

Arkadina: Aber Petruscha, es wäre besser, wenn du zu Hause bliebest.

Ssorin: Ihr verreist, ohne euch wird's mir schwer sein zu Hause.

Arkadina: Und was ist in der Stadt los?

Ssorin: Nichts Besonderes, aber doch ... Er lacht. Es wird die Grundsteinlegung des Landschaftshauses stattfinden und so ...Man möchte doch für ein paar Stunden aus diesem Fischdasein erwachen, sonst verschimmelt man ja wie eine alte Zigarrenspitze. Ich habe die Pferde für ein Uhr bestellt, wir reisen gleichzeitig ab.

Arkadina nach einer Pause: Nun, so lebe denn hier, langweile dich nicht und sieh zu, dass du dich nicht erkältest. Gib auf meinen Jungen acht! Behüte und belehre ihn. – Pause. – Sieh, ich verreise, ohne eigentlich zu wissen, weshalb Konstantin den Selbstmordversuch gemacht hat. Mir scheint, der Hauptgrund war Eifersucht, und je eher ich Trigorin hier wegführe, desto besser.

Ssorin: Was soll ich dir sagen? Es lagen auch noch andere Gründe vor. Es ist doch klar, ein verständiger junger Mensch lebt auf dem Lande, an einem abgelegenen Ort, ohne Geld, ohne Position, ohne Zukunft, hat gar keine Beschäftigung. Seine Untätigkeit beschämt ihn und flößt ihm Furcht ein. Ich habe ihn außerordentlich gern, und auch er hängt an mir, aber zu guter Letzt kommt er sich doch hier überflüssig vor, wie einer, der von der Gnade anderer lebt, ein Parasit. Es ist doch klar, sein Selbstgefühl ...

Arkadina: Er macht mir Kummer! – Nachdenklich. – Vielleicht sollte er in den Staatsdienst eintreten.

Ssorin pfeift etwas vor sich hin, unschlüssig: Am besten wär's, glaube ich, du gibst ihm etwas Geld. erst muss er sich anständig equipieren und so. Er trägt schon drei Jahre denselben Rock, hat keinen Überzieher ... – Lacht. – Es würde ihm auch nicht schaden, wenn er sich ein bisschen amüsierte ... Eine Reise ins Ausland vielleicht ... Das ist doch nicht so kostspielig.

Arkadina: Doch, doch ... Einen Anzug kann ich vielleicht noch ... aber ins Ausland ... Nein, gerade jetzt bin ich nicht einmal imstande, den Anzug zu bezahlen. Entschlossen. Ich habe kein Geld.

Ssorin lacht.

Arkadina: Nein!

Ssorin pfeift: So, so. Na ja, verzeih, meine Liebe, sei nur nicht böse ... Ich glaub's dir ... du bist eine großmütige, edle Frau ...

Arkadina unter Tränen: Ich habe kein Geld.

Ssorin: Wenn ich Geld hätte, selbstverständlich würde ich ihm welches geben, aber ich habe nichts, nicht einen Sechser. – Er lacht. –
Meine ganze Pension nimmt mir mein Verwalter weg, verwendet sie auf Ackerbau, Viehzucht und Bienenzucht, und dabei geht mein Geld verloren. Die Bienen sterben, die Kühe fallen, Pferde bekomm' ich niemals ...

Arkadina: Und ich habe kein Geld, aber ich bin eine Künstlerin, die Toiletten allein ruinieren mich.

Ssorin: Du bist gut und lieb ... Ich verehre dich ... Ja ... Aber was ist das ... – Wankt. – Mir schwindelt. Hält sich am Tisch fest. Mir ist übel ...

Arkadina erschrocken: Petruschka! – Sie sucht ihn zu stützen. – Petruscha, mein Teurer! ... – Sie schreit. – Hilfe, Hilfe! – Es kommen Treplew, mit einem verbundenen Kopf, und Medwjedenko. –

Arkadina: Ihm ist übel.

Ssorin: Es ist nichts, es ist nichts. – Lächelt und trinkt Wasser. – Schon vorbei ... und so ...

Treplew zur Mutter: Hab keine Angst, Mama. Es ist nicht gefährlich. Dem Onkel passiert das oft. – Zum Onkel. – Du musst dich hinlegen, Onkel.

Ssorin: Ein wenig, ja ... Aber in die Stadt fahr' ich doch. Ich werde ein Weilchen ruhen, und dann fahr' ich ... Selbstverständlich. – Geht, auf einen Stock gestützt, fort. –

Medwjedenko ihn am Arm führend: Es gibt ein Rätsel: frühmorgens auf vieren, mittags auf zweien und abends auf dreien ...

Ssorin lacht: Ganz recht. und nachts auf dem Rücken. Ich danke Ihnen, aber ich kann allein gehen ...

Medwjedenko: Nun, wozu die Umstände ... Geht mit Ssorin ab.

Arkadina: wie er mich erschreckt hat!

Treplew: Das Landleben bekommt ihm nicht. Es langweilt ihn. Wenn du so plötzlich splendid würdest, Mama, und ihm anderthalb bis zweitausend borgtest – dann könnt' er das ganze Jahr in der Stadt leben.

Arkadina: Ich habe kein Geld. ich bin Schauspielerin, kein Bankier. – Pause. –

Treplew: Wechsle mir doch den Verband, Mama. Du verstehst das so gut.

Arkadina holt aus dem Arzneischränkchen Jodoform und ein Kästchen mit Verbandszeug: Der Arzt hat sich verspätet.

Treplew: Er hat versprochen, um zehn zu kommen, und jetzt ist's schon Mittag.

Arkadina: Setz dich. – Nimmt ihm den Verband ab. – Das sieht aus wie ein Turban. Gestern fragte hier ein Fremder in der Küche, was für ein Landsmann du wärst. Es ist beinahe schon geheilt. Nur eine Kleinigkeit sieht man noch. – Küsst ihn auf den Kopf. – Sag – wirst du in meiner Abwesenheit nicht noch mal ...?

Treplew: Nein, Mama. Es war ein Moment wahnsinniger Verzweiflung, ich konnte mich nicht beherrschen. Es wird sich nicht wiederholen. – Küsst ihr die Hand. – Du hast goldene Hände. Ich erinnere mich, es ist schon lange her, als du noch beim kaiserlichen Theater warst – ich war noch klein damals –, da gab's bei uns auf dem Hof eine Schlägerei, und eine Wäscherin wurde dabei verprügelt, weißt du noch? Man trug sie bewusstlos vom Platz … Du hast sie dann immer besucht, ihr Arznei gebracht, ihre Kinder in einem Waschtrog gewaschen. Kannst du dich gar nicht mehr erinnern?

Arkadina: Nein. – Sie legt einen neuen Verband an. –
Treplew: Zwei Ballerinen wohnten damals noch mit uns in demselben ause … Sie kamen immer zu dir zum Kaffee …

Arkadina: Das weiß ich noch.

Treplew: Sie waren so gottesfürchtig. – Pause. – In der letzten Zeit, jetzt, in diesen Tagen, liebe ich dich ebenso zärtlich und maßlos wie in der Kinderzeit. Außer dir habe ich ja niemand mehr. Nur sag mir – warum, warum lässt du dich von diesem Menschen so beeinflussen?

Arkadina: Du verstehst ihn nicht, Konstantin. Er ist der edelste Mensch …

Treplew: Und wie er hörte, dass ich ihn fordern will, hinderte ihn all sein Edelmut nicht, sich wie ein Feigling zu benehmen. Er reist ab! Erbärmliche Flucht!

Arkadina: Unsinn! Ich selbst bat ihn, von hier abzureisen.

Treplew: Der edelste Mensch! Wir zanken uns hier beinahe seinetwegen, und er sitzt irgendwo im Salon oder im Garten und lacht uns aus … Er erzieht Nina, bemüht sich, ihr unwiderleglich zu beweisen, dass er ein Genie ist.

Arkadina: Es macht dir Vergnügen, mir Unangenehmes zu sagen. Ich verehre diesen Menschen und bitte dich, in meiner Gegenwart nicht schlecht von ihm zu reden.

Treplew: Ich verehre ihn eben nicht. Du möchtest, dass ich ihn gleichfalls für ein Genie halte, aber verzeih, ich kann nicht lügen, seine Sachen sind mir widerwärtig …
Arkadina: Das ist nur Neid. Leuten, die zwar anspruchsvoll, dabei aber talentlos sind, bleibt nur eins übrig: die echten Talente zu tadeln. Auch ein Trost!

Treplew ironisch: Echte Talente! Zornig. Ich habe mehr Talent als ihr alle, wenn's schon gesagt werden soll. Reißt den Verband vom Kopf herunter. Ihr Routiniers habt euch den Vorrang in der Kunst erschlichen und haltet das nur für normal und echt, was ihr selbst macht, alles andere erdrückt und erstickt ihr! Ich erkenne euch nicht an! Weder dich noch ihn!

Arkadina: Dekadent! ...

Treplew: Geh doch hin in dein liebes Theater, und spiel da in diesen kläglichen, talentlosen Stücken!

Arkadina: Nie hab' ich in solchen Stücken gespielt. Lass mich! Du wärst nicht einmal imstande, eine klägliche Posse zu schreiben – du Kleinbürger! Parasit!

Treplew: Geizkragen!

Arkadina: Lumpenkerl! – Treplew setzt sich und weint leise. – Jammermensch! – Macht in der Aufregung ein paar Schritte. – Weine nicht. Du sollst nicht weinen ... Du sollst nicht ... – Küsst ihn auf Stirn, Wangen und Kopf. – Mein liebes Kind, verzeih ... Verzeih deiner sündigen Mutter, verzeih einer Unglücklichen.

Treplew umarmt sie: Wenn du wüsstest! Ich habe alles verloren. Sie liebt mich nicht mehr, ich kann nicht mehr schreiben ... ich habe alle Hoffnung aufgegeben.

Arkadina: Nur nicht verzweifeln ... Es wird alles noch gut werden. Er reist ja nun ab. Sie wird dich wieder liebgewinnen. – Wischt ihm die Tränen ab. – Genug! Wir sind ja wieder gut.

Treplew küsst ihr die Hand: Ja, Mutter.

Arkadina zärtlich: Geh, versöhn dich mit ihm. Wozu ein Duell ... nicht wahr?

Treplew: Gut. Aber, Mutter, gestatte: ich mag ihm nie mehr begegnen ... es fällt mir so schwer ... es geht über meine Kraft ... – Trigorin kommt. – Ah ... ich gehe hinaus. Räumt rasch die Arzneien in den Schrank. Den Verband wird mir der Arzt machen ...

Trigorin blättert in dem Buche: Seite 121 ... Zeile 11 und 12 ... Da ... Liest. »Wenn du einmal mein Leben brauchen solltest, so komm und nimm es.«

– Treplew hebt den Verband vom Boden auf und geht ab. –

Arkadina sieht auf die Uhr: Bald fährt der Wagen vor.

Trigorin für sich: Wenn du einmal mein Leben brauchen solltest, so komm und nimm es.

44

Arkadina: Ich hoffe, du hast alles eingepackt!?

Trigorin ungeduldig: Ja, ja … Warum fühle ich Trauer bei dem Ruf dieser reinen Seele, und warum krampft sich mein Herz schmerzlich zusammen? – – Wenn du einmal mein Leben brauchen solltest, so komm und nimm es. Zu Arkadina: Bleiben wir doch noch einen Tag!

Arkadina schüttelt verneinend den Kopf.

Trigorin: Bleiben wir!

Arkadina: Mein Lieber! Ich weiß, was dich hier zurückhält. Aber beherrsche dich! Du hast einen kleinen Rausch, werde nüchtern.

Trigorin: Auch du … sei nüchtern, sei klug und verständig. Ich flehe dich an, sieh das alles mit den Augen aufrichtiger Freundschaft. Drückt ihr die Hand. Du bist fähig, Opfer zu bringen … Sei mein Freund, gib mich frei …

Arkadina heftig erregt: Sie hat's dir angetan …

Trigorin: Es lockt mich zu ihr! Vielleicht ist's gerade das, was ich brauche.

Arkadina: Die Liebe eines Provinzmädchens? Oh, wie wenig kennst du dich selbst!

Trigorin: Bisweilen schlafen die Menschen im Gehen. So ist's mit mir – ich spreche jetzt mit dir, aber mir ist dabei, als ob ich schliefe und sie im Traume sähe. Süße, wunderbare Träume halten mich umfangen … Gib mich frei …

Arkadina bebend: Nein, nein … Ich bin eine ganz gewöhnliche Frau, mit mir darf man nicht so sprechen … Quäl mich nicht, Boris … ich habe Angst …

Trigorin: Wenn du willst, kannst du ungewöhnlich sein. Eine junge, schöne, poesievolle Liebe, die uns in eine Traumwelt entrückt – nur sie allein kann auf Erden Glück geben! Eine solche Liebe habe ich nie erlebt … In meiner Jugend hatte ich keine Zeit dazu, ich musste die Redaktionen ablaufen, mit der Not kämpfen. Nun endlich ist sie da, diese Liebe, und lockt! … Welchen Sinn hat es, vor ihr zu fliehen? –

Arkadina zornig: Du hast den Verstand verloren.

Trigorin: Vielleicht.

Arkadina: Ihr habt euch heut alle verabredet, mich zu quälen. – Weint. –

Trigorin fasst sich an den Kopf: Sie versteht nicht! sie will nicht verstehen!

Arkadina: Bin ich denn schon so alt und hässlich, dass man vor mir rückhaltlos von anderen Frauen reden darf? Umarmt und küsst ihn. Oh, du bist ja wahnsinnig! Mein Herrlicher, Wunderbarer ... Du letztes Blatt meines Lebens! Kniet vor ihm nieder. Meine Freude, mein Stolz, meine Seligkeit! ... Umfasst seine Knie. Wenn du mich verlässt, auch nur für eine Stunde, so überleb' ich's nicht, ich verliere den Verstand, du mein Wundervoller, mein Prächtiger, mein Gebieter! ...

Trigorin: Es kann jemand kommen! – Hilft ihr, sich erheben. –

Arkadina: Meinetwegen, ich schäme mich meiner Liebe zu dir nicht. Küsst seine Hände. Mein Geliebter, mein Tollkopf! Du willst rasen, aber ich will's nicht, ich lass' dich nicht ... – Lacht. – Du bist mein ... du bist mein ... und diese Stirn ist mein, diese Augen sind mein, und dieses herrliche, seidenweiche Haar ist mein ... du gehörst mir ganz. Du bist so begabt, so klug, du bist der Größte unter allen lebenden Dichtern, bist die einzige Hoffnung Russlands ... Du hast so viel Wahrheit, Einfachheit, Frische und gesunden Humor ... du kannst mit einem Strich das Wesentliche geben, das Charakteristische eines Menschen oder einer Landschaft, deine Gestalten sind lebendig. Oh, man kann dich nicht ohne Begeisterung lesen! Du meinst, ich schmeichle? Ich spende Weihrauch? Nun, sieh mir in die Augen ... sieh hinein ... bin ich einer Lügnerin ähnlich! Siehst du, ich allein vermag ich zu schätzen; ich allein sage dir die ganze Wahrheit, mein Lieber, mein Wunderbarer ... Willst du nun reisen? Ja? Willst du mich nicht mehr verlassen?

Trigorin: Ich habe meinen eigenen Willen ... Ich habe nie einen eigenen Willen gehabt ... Schlapp, mürbe, immer nachgiebig – kann denn das einer Frau gefallen? Führ mich fort, lass mich aber keinen Schritt von dir ...

Arkadina für sich: Jetzt ist er mein. – Unbefangen, als wenn nichts vorgefallen wäre. – Übrigens kannst du ja bleiben, wenn du willst. Ich fahre allein, und du kommst später nach, in einer Woche. In der Tat, wozu sollst du dich beeilen?

Trigorin: Nein, wir wollen schon zusammen reisen.

Arkadina: Wie du willst ... mir ist alles recht. – Pause. Trigorin notiert etwas in sein Büchlein. –

Arkadina: Was machst du?

Trigorin: Am Morgen hörte ich einen schönen Ausdruck: »Jungfrauenwald« ... Kann ich brauchen ... Sich reckend. Wir fahren also? Wieder diese Waggons, diese Situationen, Bahnhofsbüfetts, Koteletts, Gespräche ...

46

Schamrajew tritt ein: Muss leider melden, dass der Wagen vorgefahren ist. Es ist Zeit, Verehrteste, zur Bahn zu fahren. Der Zug kommt um zwei Uhr fünf Minuten. Also, bitte, Irina Nikolajewna, vergessen Sie gefälligst nicht, sich zu erkundigen, wo der Schauspieler Susdaljzew jetzt steckt. Ob er noch lebt? Ob er gesund ist? Wir haben früher oft zusammen gekneipt ...In der »Beraubten Post« spielte er ganz unnachahmlich ... ich erinnere mich, er hatte einen Kollegen, den Tragiker Ismailow, auch eine hervorragende Persönlichkeit ... Sie brauchen sich nicht zu beeilen, Verehrteste, Sie haben noch fünf Minuten ... Einmal spielten sie in einem Melodram die Verschwörer; als man sie plötzlich abfing, sollten sie sagen: »Wir sind in eine Falle geraten«, statt dessen aber sagte Ismailow: »Wir sind in eine Kanne geraten ...« Lacht laut. In eine Kanne ... – Während er spricht, macht sich Jakow am Koffer zu schaffen; das Stubenmädchen bringt Arkadina Hut, Umhang, Schirm und Handschuhe. Alle sind Arkadina behilflich. In der linken Tür erscheint der Koch, der nach einem Weilchen unschlüssig hereinkommt. Polina Andrejewna tritt ein, nach ihr Ssorin und Medwjedenko. –

Polina Andrejewna mit einem Körbchen: Da sind Zwetschgen auf den Weg ... sehr süß. Vielleicht kosten Sie unterwegs davon.

Arkadina: Sie sind sehr gütig, Polina Andrejewna.

Polina Andrejewna: Leben Sie wohl, meine Teure! Wenn Ihnen etwas nicht recht war, so verzeihen Sie ... – Weint. –

Arkadina: Alles war gut. Alles war gut. Nur weinen Sie nicht. – Umarmt sie. –

Polina Andrejewna: Unsere Zeit geht dahin!

Arkadina: Was soll man machen!

Ssorin im Kragenmantel mit Hut und Stock, kommt durch die linke Tür: Schwester, es ist höchste Zeit, dass wir den Zug nicht noch verpassen. Ich will einsteigen. – Geht ab. –

Medwjedenko: Und ich geh' zu Fuß zur Station ... will Ihnen das Geleit geben ... Ich bin bald da ... – Ab. –

Arkadina: Auf Wiedersehen, meine Lieben ... Wenn wir alle frisch und gesund bleiben, sehen wir uns alle nächsten Sommer wieder. – Das Stubenmädchen, Jakow und der Koch küssen ihr die Hand. – Da habt ihr – einen Rubel für euch drei.

Der Koch: Untertänigsten Dank, gnädige Frau. Glückliche Reise! Wir sind vollauf zufrieden.

Jakow Gott gebe euch gute Zeit!

Schamrajew: Beglücken sie uns mal mit einem Briefchen! Leben sie wohl, Boris Alexejewitsch!

Arkadina: Wo bleibt Konstantin? Sagen Sie ihm, dass ich abreise. Wir müssen uns doch verabschieden. Nun, behaltet mich in gutem Andenken! Zu Jakow. Ich habe dem Koch einen Rubel gegeben. Da ist für euch drei. – Alle gehen nach rechts ab. Die Bühne bleibt leer. Hinter der Bühne lautes Treiben, wie es zu herrschen pflegt, wenn jemand Abschied nimmt. Das Stubenmädchen kehrt zurück, um vom Tisch das Körbchen mit den Zwetschgen zu holen, und geht wieder ab. –

Trigorin kommt zurück: Ich habe meinen Stock vergessen. Er wird auf der Terrasse sein. – Geht dorthin und begegnet in der Tür links Nina. – Sie sind es? Wir reisen eben ab …

Nina: Ich fühlte es, dass wir uns noch einmal sehen würden. – Erregt. – Boris Alexejewitsch, ich habe mich unwiderruflich entschlossen, der Würfel ist gefallen – ich gehe zur Bühne. – Morgen bin ich nicht mehr hier, ich verlasse meinen Vater, werfe alles hinter mich und beginne ein neues Leben … Ich reise nach Moskau, wie Sie … Wir werden uns dort wiedersehen.

Trigorin sich umsehend: Steigen sie im »Slawischen Bazar« ab. Benachrichtigen Sie mich sofort … Moltschanowka, Haus Grochaolsky … Ich muss fort … – Pause. –

Nina: Noch einen Augenblick …

Trigorin: Sie sind so herrlich … Oh, welches Glück – zu denken, dass wir uns bald wiedersehen! Sie sinkt an seine Brust. Ich werde Sie wiedersehen … diese wundervollen Augen, dieses unsagbar schöne, liebliche Lächeln … diese sanften Züge, diesen Ausdruck engelsgleicher Reinheit … Meine Teure … – Langer Kuss. Vorhang. –

Vierter Aufzug

Zwischen dem dritten und vierten Akt liegt ein Zwischenraum von zwei Jahren.

Salon im Hause Ssorins, den Konstantin Treplew in sein Arbeitszimmer umgewandelt hat. Rechts und links Türen, die in die inneren Räume führen. Geradeaus eine Glastür auf die Terrasse. Außer den üblichen Salonmöbeln ein Schreibtisch in der rechten Ecke, an der linken Tür ein türkischer Diwan, ein Bücherschrank, Bücher auf den Fensterbrettern und Stühlen. Es ist Abend. Eine einzige Lampe mit einem Schirm. Halbdunkel. Man hört, wie die Bäume rauschen und der Wind in den Schornsteinen heult. Der Wächter klopft.

Medwjedenko und Mascha treten auf.

Mascha ruft: Konstantin Gawrilowitsch! Konstantin Gawrilowitsch! Sieht sich um. Niemand da. Der Alte fragt jeden Augenblick: Wo bleibt Konstantin, wo bleibt Konstantin? … Er kann nicht ohne ihn leben …

Medwjedenko: Er fürchtet sich, allein zu bleiben. Hinaushorchend. Was für ein abscheuliches Wetter! Das hält schon zwei Tage so an.

Mascha schraubt die Lampe hoch: Auf dem See ist es so stürmisch. Die Wellen gehen so hoch.

Medwjedenko: Im Garten ist's finster. Man sollte doch anordnen, dass dieses Theater im Garten abgebrochen wird. Es steht so kahl da, so hässlich, wie ein Skelett, und der Vorhang flattert im Winde … Als ich gestern Abend vorüberging, war mir's, als ob jemand darin weinte.

Mascha: Ach, was … – Pause. –

Medwjedenko: Komm, Mascha, fahren wir nach Hause.

Mascha schüttelt verneinend den Kopf: Ich bleibe heute Nacht hier.

Medwjedenko flehend: Mascha, las uns fahren! Unser Kindchen ist ganz gewiss hungrig.

Mascha: Unsinn, Matrjena wird ihm schon zu essen geben. – Pause. –

Medwjedenko: Mir tut es so leid. Schon die dritte Nacht ist's ohne Mutter.

Mascha: Du bist recht langweilig geworden. Früher hast du wenigstens mal philosophiert, und jetzt hört man von dir nichts weiter als: das Kind, nach Hause, das Kind …

Medwjedenko: Fahren wir nach Hause, Mascha.

Mascha: Fahr allein.

Medwjedenko: Dein Vater gibt mir keinen Wagen.

Mascha: Bitt' ihn; vielleicht tut er's.

Medwjedenko: Gut. Ich will ihn bitten. Du kommst also morgen?

Mascha schnupft: Ja doch, morgen. Lass mich schon. – Treplew und Polina Andrejewna treten auf. Treplew trägt Betten und Decken, und Polina Andrejewna Bettwäsche; sie legen alles auf den türkischen Diwan, dann geht Treplew an den Tisch und setzt sich. –

Mascha: Wozu ist das, Mama?

Polina Andrejewna: Pjotr Nikolajewitsch hat gebeten, man möchte hier, in Kostjas Zimmer, das Bett machen.

Mascha: Lass mich das machen. Macht das Bett zurecht.

Polina Andrejewna seufzend: Alte Leute sind wie die Kinder … – Nähert sich dem Schreibtisch und blickt, auf den Ellenbogen gestützt, in ein Manuskript. Pause. –

Medwjedenko: So, ich gehe also. Leb wohl, Mascha. Küsst seiner Frau die Hand. Leben Sie wohl, Mama. Will ihr die Hand küssen.

Polina Andrejewna ärgerlich: Nun, geh schon, mit Gott.

Medwjedenko: Leben Sie wohl, Konstantin Gawrilowitsch. – Treplew reicht ihm schweigend die Hand. Medwedenko geht ab. –

Polina Andrejewna in das Manuskript sehend: Niemand hätte gedacht, dass aus Ihnen, Kostja, ein richtiger Schriftsteller wird. Und jetzt, Gott sei's gedankt, schickt man Ihnen sogar Geld von den Journalen. Streichelt ihm das Haar. Und so schön sind Sie geworden. Lieber, guter Kostja, seien Sie doch ein bisschen herzlicher mit meiner Maschenka!

Mascha während sie das Bett macht: Lassen Sie ihn doch, Mama.

Polina Andrejewna: Sie ist so nett. – Pause. – Eine Frau, Kostja, braucht nicht viel, nur freundlich anzusehen braucht man sie. Ich kenne das von mir selbst. – Treplew steht auf und geht schweigend ab. –

Mascha: So, nun haben Sie ihn noch erzürnt. Was brauchten Sie so aufdringlich zu sein?

Polina Andrejewna: Ich bedaure dich herzlich, Maschenka.

Mascha: Sehr nötig.

Polina Andrejewna: Mein Herz ist voller Gram um dich. Ich seh' doch alles, versteh' alles.

Mascha: Alles Unsinn! Hoffnungslose Liebe kommt nur in Romanen vor. Albernheiten. Man darf sich nur nicht gehenlassen., nicht auf etwas warten, nicht vom Meer gut Wetter verlangen. Hat sich Liebe im Herzen eingenistet, so muss sie eben heraus. Man will jetzt meinen Mann in einen anderen Kreis versetzen. Wenn wir dahin ziehen – werde ich alles vergessen, alles mit der Wurzel aus dem Herzen reißen. – Zwei Zimmer weiter wird ein melancholischer Walzer gespielt. –

Polina Andrejewna: Kostja spielt. Er ist also traurig.

Mascha macht geräuschlos ein paar Walzerschritte: Die Hauptsache, Mama, ist, ihn nicht vor Augen zu haben. Wenn erst mein Ssemjon versetzt ist – glauben sie mir, dann vergaß' ich alles in einem Monat. Alles Unsinn. – Die Tür links geht auf. Dorn und Medwjedenko rollen Ssorin in einen Sessel herein. –

Medwjedenko: Ich habe jetzt sechs Personen im Haus. Und das Mehl kostet siebzig Kopeken das Pud.

Dorn: Da heißt es sich drehen und winden.

Medwjedenko: Sie haben gut lachen. Sie haben Geld wie Heu.

Dorn: Geld! In all den dreißig Jahren schwerer Praxis, während deren ich nie, weder bei Tag noch bei Nacht, mir je selbst gehörte, habe ich mir kaum zweitausend Rubel erspart, und auch die sind vor kurzem im Ausland draufgegangen. Ich besitze nichts.

Mascha zu ihrem Gatten: Du bist noch hier?

Medwjedenko schuldbewusst: Was denn? Wenn ich keinen Wagen bekomme.

Mascha mit Bitterkeit, halblaut: Nicht sehen möcht' ich dich am liebsten. – Der Rollstuhl bleibt in der linken Hälfte des Zimmers stehen. Polina Andrejewna, Mascha und Dorn setzen sich daneben, Medwjedenko geht traurig auf die Seite. –

Dorn: Wie sich hier alles verändert hat! Aus dem Salon ist ein Arbeitszimmer geworden.

Mascha: Konstantin Gawrilowitsch hat's hier bequemer zum Arbeiten. Er kann in den Garten gehen, wenn er will, um dort nachdenken.

Ssorin: Wo bleibt denn meine Schwester?

Dorn: Sie ist zur Bahn gefahren, um Trigorin abzuholen. Sie kommt bald wieder.

Ssorin: Wenn Sie es für nötig hielten, meine Schwester kommen zu lassen, so heißt es doch: ich bin gefährlich krank. – Nach einer Pause. – Eine merkwürdige Geschichte: Ich bin gefährlich krank und bekomme doch gar keine Arznei.

Dorn: Was möchten Sie denn? Baldriantropfen? Natron? Chinin?

Ssorin: Nun, da geht schon die Philosophie los, welche Strafe! Zeigt auf den Diwan. Ist das für mich gebettet?

Polina Andrejewna: Für Sie, Pjotr Nikolajewitsch.

Ssorin: Ich danke Ihnen.

Dorn singt: »Es gleitet der Mond am nächtlichen Himmel ...«

Ssorin: Ich will Kostja einen Stoff für eine Erzählung geben. Sie soll heißen »Der Mensch, der da wollte« – »L'homme qui a voulu«. Als ich jung war, wollte ich Schriftsteller werden – und wurde es nicht, wollte gut sprechen lernen – und sprach abscheulich – sich selbst nachahmend »und so und so ... und dies und jenes«, quälte mich zuweilen mit einem Resümee so ab, dass mir der Schweiß aus den Poren trat, wollte mich verheiraten – und bin ledig geblieben, wollte in der Stadt leben – und beschließe mein Leben im Dorfe und so ...

Dorn: Wollte wirklicher Staatsrat werden – und bin es geworden.

Ssorin lacht: Nein, danach habe ich nie gestrebt. Das kam so von selbst.

Dorn: Mit zweiundsechzig Jahren seine Unzufriedenheit mit dem Leben zu äußern – das ist, sagen Sie selbst, nicht gerade großmütig.

Ssorin: Was für ein Starrsinn! Begreifen Sie doch, ich will noch leben!

Dorn: Das ist Leichtsinn! Nach den Naturgesetzen muss jedes Leben ein Ende nehmen.

Ssorin: Sie sprechen wie ein satter Mensch. Sie sind satt und darum gleichgültig gegen das Leben. Ihnen ist alles gleich. Aber das Sterben wird Ihnen furchtbar sein.

Dorn: Die Angst vor dem Tode ist eine tierische Angst ... Man muss sie überwinden. Bewusst fürchten den Tod nur jene, die an ein Jenseits glauben und Strafe für ihre Sünden fürchten. Aber Sie glauben erstens nicht – und zweitens, was für Sünden haben Sie? Sie haben fünfundzwanzig Jahre im Justizdienst gestanden – das ist alles.

Ssorin lacht: Achtundzwanzig ... – Treplew kommt und setzt sich auf ein Bänkchen zu Ssorins Füßen. Mascha wendet keinen Blick von ihm. –

Dorn: Wir stören Konstantin Gawrilowitsch bei seiner Arbeit.

Treplew: Durchaus nicht. – Pause. –

Medwjedenko: Gestatten Sie, Doktor, eine Frage: welche Stadt im Ausland hat Ihnen am besten gefallen?

Dorn: Genua.

Treplew: Warum Genua?

Dorn: Dort ist das Menschengewühl auf der Straße so prächtig. Tritt man abends aus dem Hotel, dann ist die ganze Straße von Menschen überfüllt. Man lässt sich von der Menge ganz ziellos hin- und hertreiben, immer im Zickzack, man lebt mit ihr, wird physisch eins mit ihr und beginnt zu glauben, dass es in der Tat eine Weltseele gibt, so in der Art, wie sie damals Nina Saretschnaja in Ihrem Stücke spielte. A propos! Wo ist jetzt die Saretschnaja? Wo ist sie? Und wie geht es ihr?

Treplew: Hoffentlich gut.

Dorn: Man sagte mir, sie habe ein merkwürdiges Leben geführt. Was ist daran?

Treplew: Das ist eine lange Geschichte, Doktor.

Dorn: Dann fassen Sie sie kurz. – Pause. –

Treplew: Sie ist von zu Hause fortgelaufen und lebte mit Trigorin zusammen. Das wissen Sie.

Dorn: Ja.

Treplew: Sie bekam ein Kind. Das Kind starb. Trigorin ließ sie sitzen und kehrte zu seinen früheren Neigungen zurück, was auch zu erwarten war. Übrigens hatte er die andere nie ganz aufgegeben, sondern sich in seiner Charakterlosigkeit hier und dort zugleich einzurichten gewusst. Soweit ich's nach dem, was ich weiß, beurteilen kann, ist Ninas persönliches Leben ganz und gar verfehlt.

Dorn: Und die Bühne?

Hier ging's ihr anscheinend noch schlimmer. Sie trat zuerst auf einem Sommertheater in einer Moskauer Vorstadt auf. Dann ging sie in die Provinz. Ich ließ sie nicht aus den Augen, und eine Zeitlang reiste ich ihr überallhin nach. Sie trat stets in großen Rollen auf, spielte jedoch plump und geschmacklos, mit hohlem Pathos und eckigen Gesten. Es gab wohl Momente, in denen ihr ein Aufschrei, eine Sterbeszene gut gelang, aber das waren eben nur Momente.

Dorn: Also scheint doch Begabung vorhanden?

Treplew: Man wurde nicht recht klug daraus. Es muss wohl Talent da sein. Ich sah sie, aber sie wollte mich nicht sehen, und ihre Bedienung ließ mich bei ihr nicht vor. Ich konnte ihre Stimmung begreifen und bestand nicht auf der Begegnung. – Pause. – Was soll ich noch sagen? Später, als ich wieder heimgekehrt war, bekam ich öfters Briefe von ihr. Verständige, herzliche, interessante Briefe. Sie klagte nicht, aber ich fühlte, wie tief unglücklich sie war; jede Zeile ein kranker, gespannter Nerv. Und die Phantasie ein wenig verworren. Sie unterschrieb als »Die Möwe«. In der »Nixe« nennt sich der Müller einen Raben und so wiederholt sie in den Briefen immer wieder, dass sie eine Möwe ist. Jetzt ist sie hier.

Dorn: Was heißt das – hier?

Treplew: In der Stadt, in einem Gasthaus. Schon seit fünf Tagen bewohnt sie da ein kleines Zimmer. Ich bin zu ihr hingefahren, und auch Marja Iljinischna war dort, aber sie empfängt niemand. Ssemjon Ssemjonowitsch versichert, sie gestern auf dem Felde, zwei Werst von hier, gesehen zu haben.

Medwjedenko: Ja, ich habe sie gesehen. Sie ging in jener Richtung, nach der Stadt zu. Ich begrüßte sie und fragte, weshalb sie nicht zu uns komme. Sie sagte, sie werde kommen.

Treplew: Sie wird nicht kommen. – Pause. – Ihr Vater und die Stiefmutter wollen nichts von ihr wissen. Überall haben sie Wächter hingestellt, damit sie nicht einmal in die Nähe des Gutshofes kommen kann. Geht mit dem Doktor vom Schreibtisch weg. Wie leicht ist's doch, Doktor, auf dem Papier Philosoph zu sein, und wie schwer ist's im Leben!

Ssorin: Ein entzückendes Mädchen war sie.

Dorn: Wie meinen Sie?

Ssorin: Ein entzückendes Mädchen war sie, sagte ich! Der wirkliche Staatsrat war sogar eine Zeitlang in sie verliebt.

Dorn: Alter Verführer! – Man hört Schamrajew lachen. –

Polina Andrejewna: Unsere Herrschaften scheinen von der Bahn zurück zu sein.

Treplew: Ja, ich höre Mamas Stimme.

Arkadina und Trigorin treten ein, ihnen folgt Schamrajew.

Schamrajew im Hereinkommen: Wir werden alle alt, wir verwittern unter dem Einfluss der Elemente, aber Sie, Verehrteste, sind noch immer jung … Ein helles Jäckchen … und die Lebhaftigkeit, die Grazie …

Arkadina: Sie wollen mir's mit Ihrem bösen Blick antun, Sie langweiliger Mensch!

Trigorin zu Ssorin: Guten Tag, Pjotr Nikolajewitsch. Was ist mit Ihnen, dass Sie immer kränkeln? Nicht recht von Ihnen. Mascha bemerkend, freudig: Marja Iljinischna!

Mascha: Erkennen Sie mich noch? Drückt ihm die Hand.

Trigorin: Sind Sie verheiratet?

Mascha: Schon lange.

Trigorin: Glücklich? – Begrüßt Dorn und Medwjedenko, dann unschlüssig zu Treplew. – Irina Nikolajewna sagte, dass Sie das Alte vergessen haben und mir nicht mehr zürnen. – Treplew reicht ihm die Hand. –

Arkadina zum Sohn: Boris Alexejewitsch hat da eine Zeitschrift mit deiner neuen Erzählung mitgebracht.

Treplew nimmt das Buch, zu Trigorin: Ich danke Ihnen. Sehr liebenswürdig. Setzt sich.

Trigorin: Ihre Verehrer lassen Sie grüßen … In Petersburg und Moskau interessiert man sich allgemein für Sie, man fragt mich viel nach Ihnen. Man fragt, was für ein Mensch Sie sind, wie alt, ob brünett oder blond. Sie vermuten alle, weiß Gott warum, dass Sie nicht mehr jung sind. Aber niemand kennt Ihren wirklichen Namen, da Sie ja unter einem Pseudonym schreiben. Sie sind geheimnisvoll wie die eiserne Maske.

Treplew: Sind Sie für lange Zeit zu uns gekommen?

Trigorin: Nein, morgen gleich will ich nach Moskau. Ich muss hin. Ich habe eine Erzählung zu beenden, die ich für einen Almanach versprochen habe. Mit einem Wort, die alte Geschichte. – Während sie sprechen, stellen Arkadina und Polina Andrejewna einen Kartentisch in die Mitte des Zimmers und ziehen ihn aus. Schamrajew zündet die Kerzen an, stellt die Stühle herum. Aus dem Schrank wird ein Lottospiel geholt. –

Trigorin: Das Wetter hat mich unfreundlich begrüßt. Ein so rauer Wind. Falls er sich legt, will ich morgen früh angeln gehen. Auch möcht' ich mal den Garten sehen und den Platz, wissen Sie, wo Ihr Stück gespielt wurde. Ein neuer Stoff für eine Erzählung ist in mir reif geworden; ich musste nur den Ort, wo sie spielt, in meiner Erinnerung auffrischen.

Mascha: Papa, lass doch meinem Mann einen Einspänner geben! Er muss nach Hause.

Schamrajew höhnisch: Einen Einspänner … nach Hause … Hat doch selbst gesehen; eben sind wir von der Bahn gekommen. Ich kann die Tiere nicht nochmals hetzen.

Mascha: Es sind doch noch andere Pferde da … Da der Vater schweigt, macht sie mit der Hand eine verächtliche Gebärde. Mit euch soll man sich einlassen …

Medwjedenko: Ich geh' zu Fuß, Mascha. Wirklich …

Polina Andrejewna: Zu Fuß bei dem Wetter! … Setzt sich an den Kartentisch. Bitte sehr, meine Herrschaften!

Medwjedenko: Es sind ja nur sechs Werst … Leb wohl. – Küsst seiner Frau die Hand. – Leben sie wohl, Mama! – Die Schwiegermutter reicht ihm unwillig die Hand zum Kuss hin. – Ich würde niemand weiter belästigen, aber das Kindchen …

Verneigt sich vor allen. Leben Sie wohl! – Ab. Sein Gang hat etwas Schuldbewusstes. –

Schamrajew: Wird schon hinkommen. Ist kein General.

Polina Andrejewna klopft auf den Tisch: Bitte sehr, meine Herrschaften, wir wollen keine Zeit verlieren, das Abendbrot ist bald bereit. – Schamrajew, Mascha und Dorn setzen sich an den Tisch. –

Arkadina zu Trigorin: Wenn die langen Herbstabende beginnen, wird hier im Lotto gespielt. Geben Sie. Ein altes Lotto. Unsere selige Mutter spielte noch mit uns damit, als wir klein waren. Wollen Sie nicht vor dem Abendbrot noch eine Partie mit uns machen? Setzt sich mit Trigorin an den Tisch. Ein langweiliges Spiel, wenn man sich aber einmal daran gewöhnt, dann geht's. – Gibt jedem drei Karten. –

Treplew durchblättert die Zeitschrift: Seine Erzählung hat er gelesen, meine dagegen nicht einmal aufgeschnitten! Legt die Zeitschrift auf den Schreibtisch, wendet sich dann zur linken Tür; an der Mutter vorübergehend, küsst er sie auf den Kopf.

Arkadina: Und du, Kostja?

Treplew: Verzeih, ich habe keine Lust … ich will ein bisschen spazieren gehen. – Ab. –

Arkadina: Der Einsatz beträgt zehn Kopeken. Setzen Sie für mich, Doktor.

Dorn: Mit Vergnügen.

Mascha: Haben alle gesetzt? Ich fange an … Zweiundzwanzig …

Arkadina: Hier.

Mascha: Drei!

Dorn: Ja, hier.

Mascha: Haben Sie schon drei? Acht! Einundachtzig! Zehn!

Schamrajew: Nicht so eilig!

Arkadina: Wie man mich in Charkow gefeiert hat, meine Lieben! Bin heut noch ganz schwindlig davon.

Mascha: Vierundvierzig. – Hinter der Bühne ein melancholischer Walzer. –

Arkadina: Die Studenten haben mir eine Ovation gebracht. Drei Blumenkörbe, zwei Kränze und das da ... Nimmt von der Brust eine Brosche und wirft sie auf den Tisch.

Schamrajew: Ja, das ist 'ne Sache ...

Mascha: Fünfzig.

Dorn: Genau fünfzig?

Arkadina: Ich hatte eine wundervolle Robe an. Na ja, ich versteh' mich auch zu kleiden.

Polina Andrejewna: Kostja spielt. Kostja ist traurig, der Arme.

Schamrajew: In den Zeitungen wird arg auf ihn geschimpft.

Mascha: Siebenundsiebzig!

Arkadina: Daraus darf er sich nichts machen.

Trigorin: Er hat kein Glück. Er kann immer noch seinen Ton nicht finden. Etwas Seltsames, Unausgesprochenes ist es, bisweilen sogar wie Fieberphantasien. Nicht eine einzige lebendige Figur.

Mascha: Elf!

Arkadina sich nach Ssorin umsehend: Du langweilst dich, Petruscha? – Pause. – Er schläft.

Dorn: Der wirkliche Staatsrat schläft.

Mascha: Sieben! Neunzig!

Trigorin: Wenn ich auf einem solchen Gut leben könnte, so an einem See – würde ich dann überhaupt noch schreiben? Ich würde diese Leidenschaft in mir unterdrücken und nur noch angeln.

Mascha: Achtundzwanzig!

Trigorin: Einen Barsch oder Schlei fangen – welche Seligkeit ist das!

Dorn: Und ich glaube an Konstantin Gawrilowitsch. Es steckt was in ihm, er denkt in Bildern, seine Erzählungen sind farbig und leuchtend, und ich empfinde sie stark.

Schade nur, dass er sich keine bestimmten Aufgaben stellt. Er bringt eine Impression hervor … nichts weiter, aber mit der Impression allein kommt man nicht weit. Irina Nikolajewna, freuen Sie sich, dass Ihr Sohn Schriftsteller ist?

Arkadina: Stellen Sie sich vor, ich habe noch nichts von ihm gelesen. Hatte nie die Zeit dazu.

Mascha: Sechsundzwanzig! – Treplew kommt herein und geht an seinen Tisch. –

Schamrajew zu Trigorin: Bei uns ist noch ein Gegenstand von Ihnen zurückgeblieben, Boris Alexejewitsch.

Trigorin: Was denn?

Schamrajew: Konstantin Gawrilowitsch hatte mal eine Möwe geschossen, und Sie beauftragten mich, sie ausstopfen zu lassen.

Trigorin: Ich kann mich nicht erinnern. – Nachdenklich. – Ich kann mich nicht erinnern.

Mascha: Sechsundsechzig! Eins!

Treplew das Fenster aufreißend: Wie finster das ist! Ich versteh' nicht, warum ich eine solche Unruhe empfinde.

Arkadina: Kostja, schließ bitte das Fenster, es zieht ja.

Treplew schließt das Fenster.

Mascha: Achtundachtzig!

Trigorin: Meine Herrschaften, ich hab' gewonnen.

Arkadina fröhlich: Bravo, Bravo!

Schamrajew: Bravo!

Arkadina: Dieser Mensch hat immer und überall Glück. Aber jetzt wollen wir einen Imbiss zu uns nehmen. Unsere Berühmtheit hat heute noch nicht zu Mittag gespeist. Nach dem Abendbrot wollen wir weiterspielen. Zum Sohn. Kostja, lass deine Manuskripte, wir wollen essen.

Treplew: Danke, Mama, ich bin satt.

Arkadina: Wie du willst. – Weckt Ssorin. – Petruscha, wir wollen zu Abend essen. – Nimmt Schamrajews Arm. – Ich will Ihnen erzählen, wie man mich in Charkow gefeiert hat … – Polina Andrejewna löscht die Kerzen aus, dann schiebt sie zusammen mit Dorn den Sessel. Alle gehen durch die linke Tür ab; auf der Bühne bleibt Treplew allein am Schreibtisch sitzen. –

Treplew schickt sich an, zu schreiben; liest das bereits Geschriebene durch: Ich habe so viel von neuen Formen gesprochen und fühle nun, dass ich nach und nach in die Routine hineingerate. »Das Plakat auf dem Zaune lautete … Ein blasses Gesicht, von dunklen Haaren umrahmt … lautete … umrahmt ...« Das klingt fade. – Streicht durch. – Ich will damit anfangen, wie das Rauschen des Regens den Helden weckte, alles andere lasse ich weg. Die Beschreibung der Mondnacht ist zu lang und zu gesucht. – Trigorin hat sich eine bestimmte Manier angeeignet, er hat's leicht. Bei ihm braucht auf der Schleuse nur der Hals einer zerbrochenen Flasche zu glänzen und der Schatten des Mühlrades zu dunkeln, und eine ganze Mondnacht ist fertig. Ich aber brauche zitterndes Licht, das Glitzern der Sterne und ferne Klaviertöne, die in der stillen, duftenden Luft ersterben … Das ist qualvoll. – Pause. – Ja, ich komme immer mehr zu der Überzeugung, dass das Wesentliche nicht in neuen oder alten Formen liegt, sondern darin, dass man schreibt, ohne an Formen zu denken, nur weil es aus der Seele kommt. – Jemand klopft an das Fenster beim Tisch. – Was ist das? – Sieht aus dem Fenster. – Nichts zu sehen … – Öffnet die Glastür und sieht in den Garten. Es ist jemand die Stufen hinuntergelaufen. Ruft. Wer ist da? Geht hinaus. Man hört, wie er rasch über die Terrasse geht. Einen Augenblick später tritt er mit Nina Saretschnaja ein. – Nina! Nina!

Nina legt den Kopf an seine Brust und schluchzt leise.

Treplew: Nina, Nina, Sie sind es … Als wenn ich's geahnt hätte! Meine Seele war den ganzen Tag so von schmerzlicher Sehnsucht erfüllt … – Nimmt ihr Hut und Umhang ab. – Oh, meine Gute, meine Herrliche! Sie ist doch gekommen! Wir wollen nicht weinen, nein …

Nina: Es ist jemand da …

Treplew: Nein, niemand …

Nina: Verschließen sie die Tür, sonst kommt noch jemand.

Treplew: Niemand wird kommen.

Nina: Ich weiß, Irina Nikolajewna ist hier. Schließen Sie die Tür ab. – Treplew schließt die Tür rechts ab und geht zur Linken. – Hier ist kein Schloss, ich will aber einen Sessel davorstellen. – Schiebt den Sessel hin. – Haben Sie keine Angst, es kommt niemand.

60

Nina sieht ihm lange ins Gesicht: Lassen Sie sich ansehen. Blickt um sich. Hier ist es gemütlich ... Damals war hier der Salon. Hab' ich mich sehr verändert?

Treplew: Ja ... Sie sind magerer geworden, und Ihre Augen sind so groß. Nina, wie seltsam, dass ich Sie wiedersehe! Warum ließen Sie mich nicht vor? Warum sind Sie bis heut nicht gekommen? Ich weiß, Sie wohnen hier schon fast eine Woche. Ich bin jeden Tag ein paar Mal zu Ihnen gegangen, habe wie ein Bettler vor Ihrem Fenster gestanden.

Nina: Ich fürchtete, dass Sie mich hassen. Ich träume jede Nacht davon, dass Sie mich ansehen und nicht wiedererkennen. Wenn Sie wüssten ... Seit meiner Ankunft geh' ich immer hier umher – am See. Ich war schon mehrere Male in der Nähe Ihres Hauses, hatte aber nicht den Mut, einzutreten. Wir wollen uns setzen. – Sie setzen sich. – Wir wollen uns setzen und viel, viel miteinander sprechen ... Es ist gut hier, so warm, so behaglich ... Hören Sie den Wind? Bei Turgenjew steht irgendwo: »Wohl dem, der in solchen Nächten unter einem Dache sitzt, der einen warmen Winkel hat.« Ich bin – die Möwe – – nein, das ist's nicht. – Reibt sich die Stirn. – Was wollte ich sagen? Ja ... Turgenjew! »Und Gott erbarme sich aller obdachlosen Wanderer.« Das ist's nicht. Schluchzt.

Treplew: Nina, Sie weinen wieder ... Nina!

Nina: Tut nichts, es wird mir leichter davon. Ich habe schon zwei Jahre nicht geweint. Gestern, spät am Abend, kam ich hier in den Garten, um zu sehen, ob unser Theater noch da ist. Und es steht immer noch da. Ich konnte zum ersten Mal seit zwei Jahren weinen, und es wurde mir freier ums Herz und klarer in der Seele. Sehen sie, ich weine nicht mehr. Fasst seine Hand. Und Sie sind inzwischen ein Schriftsteller geworden. Sie Schriftsteller und ich Schauspielerin ... Beide sind wir in den Strudel hineingeraten ... Ich lebte so froh, so kindlich – wenn ich in der Frühe erwachte, sang ich vor Freude, ich liebte sie und träumte von Ruhm, und jetzt? Morgen früh fahre ich nach Jelez ... dritter Klasse, mit den Bauern zusammen, und in Jelez werden die gebildeten Kaufleute mich mit ihren Liebenswürdigkeiten belästigen. Das Leben ist roh!

Treplew: Warum fahren sie nach Jelez?

Nina: Ich habe dort ein Engagement für den ganzen Winter angenommen. Es ist Zeit, dass ich hinfahre.

Treplew: Nina! Ich habe Sie verflucht, habe Sie gehasst, Ihre Briefe und Bilder zerrissen, aber jeden Moment war ich mir bewusst, dass meine Seele Ihnen auf ewig zugetan ist. Ich kann von der Liebe zu Ihnen nicht lassen, Nina. Seit ich Sie verloren habe und meine Geschichten schreibe, ist mir das Leben unerträglich geworden – ich leide – meine Jugend ist gleichsam jäh abgebrochen, und es ist mir, als hätte ich schon neunzig Jahre gelebt. Ich rufe Sie, ich küsse die Erde, auf der Sie gewandelt sind; wohin ich mich wende, überall sehe ich Ihr Gesicht, Ihr herzliches Lächeln, das in den schönsten Jahren meines Lebens mir leuchtete ...

Nina fassungslos: Warum spricht er so? Warum spricht er so?

Treplew: ich bin einsam, ich friere, wie in einem Grabgewölbe, und alles, was ich schreibe, ist trocken, rau, düster. Bleiben Sie hier, Nina, ich flehe Sie an, oder erlauben Sie mir, mit Ihnen zu gehen!

Nina setzt schnell den Hut auf und nimmt den Umhang: Mein Wagen hält vor der Pforte. Begleiten Sie mich bitte nicht, ich werde allein hinfinden ... – Unter Tränen. – Geben sie mir Wasser ...

Treplew reicht ihr zu trinken: Wohin wollen Sie jetzt?

Nina: In die Stadt. – Pause. – Ist Irina Nikolajewna hier?

Treplew: Ja ... Am Donnerstag ging es dem Onkel nicht gut, und wir haben ihr telegraphiert, dass sie herkommen soll.

Nina: Warum sagen Sie, dass Sie die Erde geküsst haben, auf der ich gewandelt bin? Man sollte mich töten. Neigt sich über den Tisch. ich bin so müde! Ausruhen möchte ich. Ausruhen! – Erhebt den Kopf. – Ich bin eine Möwe ... Nein ... Nicht das. Ich bin eine Schauspielerin. Nun ja. – Hört Arkadina und Trigorin lachen, horcht, stürzt zur linken Tür und blickt durch das Schlüsselloch. – Und auch er ist hier ... Kehrt zu Treplew zurück. Nun ja ... Tut nichts ... Ja. Er glaubte nicht an das Theater, machte sich immer über meine Träume lustig, und nach und nach hörte auch ich auf zu glauben und verlor den Mut ... Und dann der Liebeskummer, die ewige Eifersucht, die ewige Angst um das Kleine ... Ich wurde so klein, so jämmerlich ... spielte ganz sinnlos ... Ich wusste nicht, wohin mit den Händen, konnte auf der Bühne nicht stehen, meine Stimme nicht beherrschen. Sie kennen diesen Zustand nicht, dieses Gefühl, dass man ganz abscheulich spielt. Ich bin eine Möwe. Nein, nicht das ... Erinnern Sie sich noch? Sie haben damals eine Möwe geschossen. »Zufällig kam da ein Mensch, sah sie, und weil er nichts Besseres zu tun hatte, vernichtete er ihr Leben.« Ein Stoff für eine kleine Erzählung ... Nein, nicht das ... Reibt sich die Stirn. Wovon sprach ich? Ja, von der Bühne. Jetzt bin ich nicht mehr so. Jetzt bin ich schon eine richtige Schauspielerin, ich spiele mit Lust, mit Begeisterung, bin auf der Bühne wie berauscht und fühle mich schön. Und jetzt, solange ich hier bin, gehe ich den ganzen Tag herum, geh' herum und fühle, wie meine seelischen Kräfte wachsen. Ich weiß es jetzt, Kostja, ich verstehe es, dass bei unserer Arbeit, gleichviel, ob wir Theater spielen oder schriftstellern, nicht der Ruhm, nicht der Glanz, nicht das, wovon ich träumte, die Hauptsache ist, sondern die Fähigkeit zu dulden. Lerne dein Kreuz tragen, und glaube! Ich glaube, und das lindert meinen Schmerz, und wenn ich an meinen Beruf denke, so habe ich keine Angst mehr vor dem Leben.

Treplew traurig: Sie haben Ihren Weg gefunden, Sie wissen, wohin Sie gehen, ich aber quäle mich noch immer mit einem Chaos von Gebilden ab, ohne zu wissen, wozu und für wen das nötig ist. Ich glaube nicht, und ich weiß nicht, was mein Beruf ist.

Nina: Ss-sst! Ich gehe. Leben Sie wohl. Wenn ich eine große Schauspielerin geworden bin, kommen Sie doch, um mich zu sehen. Versprechen Sie's. Aber jetzt ... – drückt ihm die Hand. – Es ist schon spät. Ich halte mich kaum auf den Beinen ... ich bin erschöpft ... ich habe Hunger ...

Treplew: Bleiben sie hier, ich hole Ihnen etwas zu essen ...

Nina: Nein, nein ... Begleiten Sie mich nicht ... Mein Wagen wartet in der Nähe ... Sie hat ihn also mitgebracht ... Nun, es ist ja gleich. Wenn Sie Trigorin sehen, sagen sie ihm nichts ... Ich liebe ihn. Ich liebe ihn, sogar stärker noch als früher ... Ein Stoff für eine kleine Erzählung ... Ich liebe, liebe ihn leidenschaftlich, bis zur Verzweiflung. Wie schön war's doch früher, Kostja! Wissen Sie noch? Was für ein helles, warmes, freudiges, reines Leben, welche Gefühle – Gefühle, die zarten graziösen Blumen glichen, wissen Sie noch? Sie trägt vor.»Menschen, Löwen, Adler und Feldhühner, geweihtragende Hirsche, Gänse, Spinnen, schweigsame Fische, die im Wasser wohnten, Seesterne und all die Wesen, die dem Auge nicht sichtbar waren, mit einem Wort: alles Leben, alles Leben ist erloschen, nachdem es seinen traurigen Kreislauf vollendet hat ... Seit vielen tausend Äonen bereits trägt die Erde nicht ein Lebewesen mehr, und dieser arme Mond lässt sein Licht vergeblich erstrahlen. Nicht mehr erwachen auf der Wiese mit Geschrei die Kraniche, nicht mehr hört man die Maikäfer schwirren in den Lindenhainen.« – Sie umarmt heftig Treplew und stürzt durch die Glastür hinaus. –

Treplew nach einer Pause: Es ist nicht gut, wenn ihr jemand im Garten begegnet und es nachher Mama sagt. Das könnte Mama weh tun ... – Er zerreißt in wenigen Augenblicken alle seine Manuskripte und wirft sie hinter den Tisch, dann macht er die rechte Tür auf und geht hinaus. –

– Dorn bemüht sich, die linke Tür zu öffnen: Merkwürdig! Die Tür scheint verschlossen zu sein ... Tritt ein und schiebt den Sessel auf seinen Platz. Ein Hindernisrennen. Arkadina und Polina Andrejewna treten ein, ihnen folgt Jakow, der Flaschen trägt, und Mascha, dann Schamrajew und Trigorin. –

Arkadina: Den Rotwein und das Bier für Boris Alexejewitsch stellen Sie hierher auf den Tisch. Wir wollen spielen und trinken. Setzen wir uns, meine Herrschaften.

Polina Andrejewna zu Jakow: Den Tee kannst du gleich anrichten. Sie zündet die Kerzen an und setzt sich an den Kartentisch.

Schamrajew führt Trigorin zum Schrank: Da ist das Ding, von dem ich vorhin sprach. – Nimmt aus dem Schrank eine ausgestopfte Möwe heraus. – Sie haben es bestellt.

Trigorin auf die Möwe blickend: Ich kann mich nicht entsinnen. – Hinter der Bühne rechts ertönt ein Schuss, alle fahren zusammen. –

Arkadina erschrocken: Was war das?

Dorn: Nichts. In meiner Feldapotheke muss etwas geplatzt sein. Beunruhigen Sie sich nicht. – Geht durch die rechte Tür ab und kommt nach einem Augenblick zurück. – Wie ich sagte. Ein Fläschchen mit Äther ist zersprungen. – Singt vor sich hin. – »Wieder steh' ich bezaubert vor dir ...«

Arkadina sich an den Tisch setzend: Pfui, ich bin so erschrocken. Es hat mich daran erinnert, wie ... – Bedeckt sich das Gesicht mit den Händen. – Mir ist's förmlich dunkel geworden vor den Augen ...

Dorn in der Zeitschrift blätternd, zu Trigorin: Hier war vor ein paar Monaten ein Aufsatz erschienen ... ein Brief aus Amerika, und ich wollte Sie fragen, unter anderem ... – Fasst Trigorin um die Taille und führt ihn vor die Rampe. – ... weil ich mich nämlich sehr für die Frage interessiere ... – Einen Ton tiefer, halblaut. – Führen Sie Irina Nikolajewna fort von hier. Konstantin Gawrilowitsch hat sich erschossen ...

Ende

Onkel Wanja

(1896)

Personen

Serebrjakow, Alexander Wladimirowitsch, Professor a. D.

Helena Andrejewna, seine Gattin in zweiter Ehe, 27 Jahre alt.

Sonja, seine Tochter aus erster Ehe.

Wojnizkaja, Maria Wassiljewna, Geheimratswitwe, Mutter der ersten Gattin Serebrjakows.

Wojnizki, Iwan Petrowitsch, ihr Sohn.

Astrow, Michail Lwowitsch, Arzt.

Teljegin, Ilja Iljitsch, verarmter Gutsbesitzer.

Marina, eine alte Kinderfrau.

Ein Arbeiter.

Ein Knecht.

Ort der Handlung: Serebrjakows Gut.

Erster Aufzug

Garten. Man sieht einen Teil des Wohnhauses samt der Terrasse. Unter einer alten Pappel an der Allee ein Tisch, auf dem der Tee serviert ist. Bänke, Stühle; auf einer der Bänke liegt eine Gitarre. Nicht weit von dem Tisch eine Schaukel. – Zeit: drei Uhr nachmittags. Trübes Wetter. Marina, eine aufgedunsene, schwerfällige alte Frau, sitzt mit dem Strickstrumpf vor dem Samowar. Astrow geht auf und ab.

Marina schenkt ein Glas Tee ein: Trink, Väterchen!

Astrow nimmt zögernd das Glas: Hab' eigentlich keinen Appetit.

Marina: Vielleicht trinkst du ein Schnäpschen?
Astrow: Danke – ich trinke nicht alle Tage Branntwein. Und dann ist's auch so drückend schwül. – Pause. – Sag' mal, Altchen, wie lange ist's her, dass wir beide uns kennen?

Marina sinnt nach: Wie lange? Da muss ich erst mal nachdenken … Du bist hier in unsere Gegend gekommen … wann war's doch gleich? … Sonjas Mutter war damals noch am Leben. Durch zwei Winter kamst du damals zu uns … na, das wird also elf Jahre her sein. – Nachsinnend. – Vielleicht auch schon länger …

Astrow: Hab' ich mich seit jener Zeit sehr verändert?

Marina: Freilich hast du dich sehr verändert. Damals warst du jung und hübsch, und jetzt bist du eben älter geworden. Auch so hübsch bist du nicht mehr. Na, und dann trinkst du auch gern ein Schnäpschen …

Astrow: Ja … in zehn Jahren bin ich wohl ein anderer Mensch geworden. Überarbeitet hab' ich mich, Altchen. Vom frühen Morgen bis in die späte Nacht bin ich auf den Beinen, Ruhe kenn' ich nicht, und wenn ich des Nachts unter meiner Bettdecke liege, schwebe ich beständig in Angst, dass man mich wieder zu einem Kranken holen könnte. Solange wir uns kennen, hab' ich nicht einen einzigen freien Tag gehabt. Wie soll man da nicht alt werden? Und dann ist dieses Leben schon an sich so langweilig, so dumm, so schmutzig … anwidern muss es einen. Rings um dich nichts als Sonderlinge, lauter Sonderlinge; lebt man mit der Gesellschaft zwei, drei Jahre zusammen, wird man selber zum Sonderling, eh' man's merkt. Das unvermeidliche Los! Dreht seinen langen Schnurrbart. Da – wie lang mein Schnurrbart gewachsen ist … was für ein dummer Schnurrbart! Ja, Altchen, auch ich bin ein Sonderling geworden! … Ganz verdummt bin ich, Gott sei Dank, noch nicht, das Gehirn ist immer noch auf seinem alten Fleck – aber die Empfindungen sind sozusagen abgestumpft. Ich habe keinen Wunsch, kein Bedürfnis, und ich liebe niemanden …

Du bist vielleicht die einzige, die ich liebe. Küsst ihren Kopf. In meiner Kindheit hatte ich auch eine Kinderfrau – ganz so war sie, wie du bist …

Marina: Möchtest du vielleicht was essen?

Astrow: Danke … In den großen Fasten neulich, in der dritten Woche, fuhr ich nach Malizkoje, wo eine Epidemie herrschte … Flecktyphus war's … In den Bauernhütten lag ein Kranker neben dem andern … Alles voll Schmutz, voll Gestank, voll Rauch, Kälber und Ferkel lagen mit Menschen zusammen auf der Erde … Den ganzen Tag rannt' ich hin und her, nicht einen Augenblick Ruhe, nicht einen Tropfen zur Erfrischung. Dann komm' ich nach Hause, will mich verpusten – ja, lässt man mich denn dazu kommen? Da haben sie mir den Weichensteller ins Haus gebracht; ich leg' ihn auf den Tisch, um eine Operation an ihm vorzunehmen, und was passiert? Er stirbt mir unter den Händen, in der Narkose! Und wo ich's gerade am wenigsten brauchen kann, beginnt das Gefühl sich in mir zu regen. Und ich bekomme Gewissensbisse, als ob ich den armen Kerl absichtlich getötet hätte … Da saß ich nun, schloss die Augen und dachte so bei mir, ob wohl nach ein-, zweihundert Jahren die späteren Geschlechter, denen wir jetzt den Weg bahnen, auch nur ein freundliches Wort der Erinnerung für uns übrig haben werden? Was meinst du, Altchen?

Marina: Menschen werden es dir nicht lohnen, dafür wird Gott es dir lohnen.

Astrow: Das hast du schön gesagt … ich danke dir.

– Wojnizki kommt vom Hause her; er hat nach dem Frühstück ein Schläfchen gemacht; seine Kleider sehen zerknittert aus. Er setzt sich auf eine Bank und rückt seine stutzerhafte Krawatte zurecht. –

Wojnizki: Ja … – Pause. – Ja…

Astrow: Hast du ausgeschlafen?

Wojnizki: Ja … ganz gehörig. Gähnt. Seit der Herr Professor mit seiner Frau Gemahlin hier bei uns lebt, bin ich ganz aus dem Geleise geraten … ich schlafe zur Mittagszeit, esse allerhand merkwürdiges Zeug zusammen, trinke Wein … lauter ungesunde Dinge! Früher hatte ich nicht eine freie Minute, arbeitete in einem fort mit Sonja zusammen, – jetzt heißt es: Adieu, Arbeit! Sonja müht sich ganz allein, und ich schlafe, esse, trinke … Nein, das ist nicht mehr schön!

Marina schüttelt den Kopf: Das ist 'ne Wirtschaft! Der Professor steht um zwölf Uhr auf, und der Samowar kocht vom frühen Morgen an und wartet auf ihn. Früher, wie sie noch nicht da waren, aß man immer um ein Uhr zu Mittag, wie's überall Mode ist – und jetzt um sieben. In der Nacht liest der Professor und schreibt, und mit einem Mal, so in der zweiten Stunde, klingelt's … Was ist los? Tee will er haben! Nun heißt es, die Leute wecken und den Samowar aufstellen. Ach, das ist 'ne Wirtschaft!

Astrow: Wie lange bleiben Sie denn noch hier?

Wojnizki pfeift: Hundert Jahre. Der Professor hat beschlossen, hier seine Residenz aufzuschlagen.

Marina: Jetzt zum Beispiel ... der Samowar steht schon seit zwei Stunden auf dem Tisch, und sie sind spazierengegangen!

Wojnizki: Da kommen sie ... reg' dich nicht auf, Altchen. – Man hört Stimmen; aus der Tiefe des Gartens kommen, von einem Spaziergang zurückkehrend, Serebrjakow, Helena Andrejewna, Sonja und Teljegin. –

Serebrjakow: Herrlich, herrlich ... eine wundervolle Landschaft!

Teljegin: Recht bemerkenswert, Exzellenz!

Sonja: Morgen zeigen wir dir mal unsere Forsten – ja, Papa?

Wojnizki: Herrschaften, bitte zum Tee!

Serebrjakow: Schickt mir den Tee in mein Kabinett, meine Lieben, seid so freundlich! Ich muss heute noch etwas tun.

Sonja: Unsere Forstwirtschaft wird dir sicher gefallen, Papa!

– Helena Andrejewna, Serebrjakow und Sonja ab ins Haus; Teljegin tritt an den Tisch heran und setzt sich neben Marina. –

Wojnizki: Das ist eine Hitze, eine Schwüle – und unser großer Gelehrter geht in Paletot und Galoschen, mit dem Regenschirm in der Hand, und in Handschuhen ...

Astrow: Er ist eben ein vorsichtiger Herr!

Wojnizki: Und sie – wie schön sie ist, wie schön! Nie im Leben hab' ich ein reizenderes Weib gesehen.

Teljegin: Nun sagen Sie mal, Marina Timofejewna, was fehlt uns noch zum Glück? Ob ich durch die Felder fahre oder im schattigen Park hier spazierengehe oder mir den gedeckten Tisch betrachte, stets bin ich von unsäglichem Glück erfüllt. Das Wetter ist entzückend, die Vögelchen singen und jubeln, wir alle leben in Frieden und Eintracht – ist das nicht wundervoll? Nimmt ein Glas Tee, das Marina ihm reicht. Dank' Ihnen sehr, dank' Ihnen wirklich von Herzen!

Wojnizki schwärmerisch: Diese Augen ... ein herrliches Weib!

Astrow: Na, nun erzähl' mal was, Iwan Petrowitsch!

Wojnizki träg: Was soll ich dir erzählen?

Astrow: Gibt's gar nichts Neues?

Wojnizki: Nichts. Alles beim alten. Ich bin derselbe, der ich immer war ... das heißt: eigentlich nicht derselbe, denn ich stehe jetzt moralisch tiefer, bin ein Faulpelz, der nichts tut, und brumme immerzu, wie'n alter Griesgram. Na, und meine alte Dohle, Mamachen – die schwadroniert immer noch von der Frauenemanzipation. Mit dem einen Auge schielt sie ins Grab und mit dem andern späht sie in ihren gelehrten Scharteken nach der Morgenröte eines neuen Lebens.

Astrow: Und der Professor?

Wojnizki: Der Professor sitzt genau so wie sonst den ganzen geschlagenen Tag in seinem Kabinett und schreibt. Wie sagt doch der Dichter? »In Falten ganz gekraust die Denkerstirn – entringt er Od' um Ode seinem Hirn; nur schade, jammerschade, dass der Welt – nicht der Poet noch sein Poem gefällt!« Armes Papier! Er sollte lieber seine Selbstbiographie schreiben. Was für ein großartiges Sujet! Ein Professor a. D., verstehst du – ein alter Zwieback – ein gelehrter Stockfisch! ... Podagra, Rheumatismus, Migräne, die Leber vor lauter Neid und Eifersucht geschwollen ... Und dieser alte Stockfisch lebt auf dem Landgut seiner ersten Frau – nur, weil er muss, natürlich, da seine Mittel ihm nicht erlauben, in der Stadt zu leben. Jammert beständig über sein Unglück, während er in Wirklichkeit vom Schicksal geradezu verhätschelt ist. Nervös. Bedenk' doch mal, was für ein Glück der Kerl gehabt hat! Ein einfacher Küsterssohn, ein Stipendienschlucker, hat sich durch alle gelehrten Grade bis zum Katheder hinaufgedrängelt, ist Exzellenz geworden, hat einen Senator zum Schwiegervater gekriegt usw. usw. Doch das ist schließlich unwichtig. Doch nun weiter: fünfundzwanzig Jahre liest und schreibt der Mensch über die Kunst, und versteht dabei von der Kunst so gut wie gar nichts. Fünfundzwanzig Jahre lang kaut er fremde Gedanken über Realismus, Naturalismus und allerhand sonstigen Unsinn wieder, fünfundzwanzig Jahre lang liest und schreibt er über Dinge, die den klugen Leuten längst bekannt, den dummen aber höchst gleichgültig sind ... fünfundzwanzig Jahre lang also hat er nichts weiter getan als leeres Stroh gedroschen – und nun seh' mal einer diesen Eigendünkel, den das hat, diese Ansprüche! Jetzt hat er seinen Abschied genommen – und keine lebendige Seele kennt ihn mehr, im Handumdrehen ist er wie verschollen. Er hat einfach diese fünfundzwanzig Jahre hindurch den Platz eines andern eingenommen. Und nun sieh nur, wie er einherschreitet: wie ein Halbgott!

Astrow: Hör' mal, ich glaube, du beneidest ihn bloß!

Wojnizki: Gewiss beneide ich ihn. Und was für Erfolge er bei den Frauen gehabt hat! Kein Don Juan könnte sich so vieler Siege rühmen. Seine erste Frau, meine Schwester, dieses schöne, liebenswürdige Geschöpf, das so edelmütig, so großherzig, so rein war wie der blaue Himmel, und mehr Verehrer hatte als er Schüler – die liebte ihn so, wie nur keusche Engel ebenso keusche und schöne Wesen, wie sie selber sind, lieben können. Meine gute Mama, seine Schwiegermutter, vergöttert ihn noch heute, und noch heute flößt er ihr förmlich ein heiliges Grauen ein. Seine zweite Frau, ein schönes, kluges Wesen – du hast sie ja eben gesehen – hat ihn geheiratet, als er schon ein Greis war; sie hat ihm ihre Jugend, ihr Schönheit, ihre Freiheit, ihren Glanz geopfert – weshalb, frag' ich, wofür?

Astrow: Ist sie dem Professor treu?

Wojnizki: Leider – ja.

Astrow: Warum »leider«?

Wojnizki: Weil diese Treue unecht ist von Anfang bis zu Ende. Es ist sozusagen eine rhetorische, doch keine logische Treue. Einem alten Mummelgreise, den man nicht leiden mag, die Treue halten, die Stimme der Jugend und das lebendige Gefühl in sich unterdrücken, das ist einfach unmoralisch.

Teljegin mit weinerlicher Stimme: Wanja, ich liebe es nicht, wenn du so sprichst. Das ist nicht schön, mein Lieber … Wer seine Gattin oder seinen Gatten betrügt, ist einfach ein ungetreuer Mensch – und der kann auch dem Vaterlande leicht untreu werden!

Wojnizki ärgerlich: Schraub' den Wasserhahn zu, Waffelkuchen!

Teljegin: Erlaube mal, lieber Wanja. Meine Frau ist mir gleich am ersten Tage nach der Hochzeit mit ihrem Geliebten durchgebrannt, weil mein Äußeres ihr nicht anziehend genug schien. Nun denn – ich habe meine eheliche Pflicht gegen sie seit jener Zeit auch nicht ein einziges Mal verletzt! Ich liebe sie bis auf den heutigen Tag, bin ihr heute noch treu und helfe ihr, soviel ich kann; mein Vermögen hab' ich hingegeben zur Erziehung der Kinderchen, die sie ihrem Geliebten geboren hat. Mein Glück hab' ich verloren, aber mein Stolz ist mir geblieben. Und sie? Ihre Jugend ist entflohen, ihre Schönheit ist mit der Zeit verwelkt, ihr Geliebter ist gestorben … sag', was ist ihr geblieben?

– Sonja und Helena Andrejewna kommen aus dem Haus; etwas später Maria Wassiljewna, mit einem Buch; sie setzt sich und liest; man reicht ihr Tee, und sie trinkt, ohne hinzusehen. –

Sonja zu Marina: Oben sind ein paar Bauern … geh' doch mal, Altchen, sprich mit ihnen! Den Tee werd' ich selbst einschenken. – Sie gießt Tee ein. Marina ab. Helena Andrejewna nimmt ihre Tasse und trinkt, auf der Schaukel sitzend. –

Astrow zu Helena Andrejewna: Ich bin zu Ihrem Herrn Gemahl gekommen. Sie schreiben, er sei schwer krank an Rheumatismus und noch irgendwas, und nun stellt es sich heraus, dass er kerngesund ist!

Helena Andrejewna: Gestern Abend hatte er seine Grillen, klagte über Schmerzen in den Beinen, und heute ist er ganz vergnügt …

Astrow: Und ich jage Hals über Kopf dreißig Werst weit hierher. Na, schadet nichts, es war ja nicht das erste Mal. Dafür bleib' ich bis morgen hier bei Ihnen, wenigstens kann ich mich mal ordentlich ausschlafen.

Sonja: Das ist ja wunderschön! Es kommt so selten vor, dass Sie einmal bei uns über Nacht bleiben. Sie haben wohl auch noch nicht zu Mittag gespeist?

Astrow: Nein, auch das noch nicht.

Sonja: Dann werden Sie mit uns speisen … wir essen jetzt um sieben Uhr. – Trinkt. – Der Tee ist ganz kalt.

Teljegin: Die Temperatur im Samowar ist schon beträchtlich gesunken.

Helena Andrejewna: Tut nichts, Iwan Iwanytsch, wir trinken auch kalt, wenn's sein muss.

Teljegin: Ich bitt' um Verzeihung … nicht Iwan Iwanytsch heiß' ich, sondern Ilja Iljitsch! … Ilja Iljitsch Teljegin oder, wie einige Leute mich wegen meines pockennarbigen Gesichtes nennen: Waffelkuchen. Ich hab' seiner Zeit unsere kleine Sonja aus der Taufe gehoben, und Se. Exzellenz, Ihr Herr Gemahl, kennen mich sehr gut. Ich lebe jetzt hier bei Ihnen auf dem Landgut … Ich speise mit Ihnen täglich zu Mittag, wie Sie vielleicht zu bemerken geruhten.

Sonja: Ilja Iljitsch ist unser Gehilfe, unsere rechte Hand. – Zärtlich. – Geben Sie Ihr Glas her, Patchen, ich werde Ihnen noch Tee eingießen.

Maria Wassiljewna jäh: Ach!

Sonja: Was gibt's denn, Großmamachen?

Maria Wassiljewna: Ich hab' versäumt, Alexander zu sagen … wie vergesslich man doch wird, dass ich heute einen Brief aus Charkow bekommen habe, von Pawel Alexejewitsch … Er hat seine neue Broschüre geschickt …

Astrow: Interessant?

Maria Wassiljewna: Sehr interessant, aber zugleich … ich weiß nicht … etwas sonderbar. Er widerlegt jetzt das, was er vor sieben Jahren behauptet hat. Das ist schrecklich!

Wojnizki: Ich sehe gar nichts Schreckliches darin. Trinken Sie ruhig Ihren Tee, maman!

Maria Wassiljewna: Ich will aber reden!

Wojnizki: Wir reden und reden doch nun schon seit fünfzig Jahren und lesen ebenso lange Broschüren. Jetzt wär's endlich Zeit, damit aufzuhören.

Maria Wassiljewna: Du scheinst es aus irgendeinem Grunde nicht gern zu hören, dass ich rede. Verzeih, lieber Jean, aber im letzten Jahre hast du dich so verändert, dass ich dich nicht wiedererkenne … Du warst früher ein Mensch von festen Überzeugungen, eine leuchtende Individualität …

Wojnizki: O ja! Ich war eine leuchtende Individualität – die nur keinem Menschen Licht brachte … – Pause. – Ich – eine leuchtende Individualität! … Man kann wirklich keinen boshafteren Witz über mich machen. Ich bin jetzt siebenundvierzig Jahre alt. Bis zum vorigen Jahre hab' ich ebenso wie Sie meinen Blick mit Ihren scholastischen Nebeln verdunkelt, um nur die Wirklichkeit des Lebens nicht zu sehen … und ich dachte, dass ich gut daran tue. Jetzt aber … o, wenn sie wüssten! Nächtelang schlaf' ich nicht aus Grimm und Ärger darüber, dass ich in so alberner Weise die Zeit verpasst habe, da ich alles das haben konnte, was mir jetzt mein Alter versagt.

Sonja: Nicht doch, Onkel Wanja, das klingt so traurig!

Maria Wassiljewna zu Wojnizki: Du scheinst deinen früheren Überzeugungen Schuld zu geben … aber nicht sie sind Schuld, sondern du selbst. Du hast vergessen, dass die Überzeugungen an sich nichts bedeuten, dass sie ein toter Buchstabe sind … du hättest eine Tat vollbringen sollen.

Wojnizki: Eine Tat? Nicht jeder ist ein schreibendes Perpetuum mobile, wie Ihr Herr Professor.

Maria Wassiljewna: Was willst du damit sagen?

Sonja bittend: Großmamachen! Onkel Wanja! Ich bitt' euch!

Wojnizki: Ich bin schon still, ganz mausestill, und bitte um Entschuldigung. – Pause. –

Helena Andrejewna: Das Wetter ist wirklich heute prächtig ... nicht zu heiß ... – Pause. –

Wojnizki: Bei solchem Wetter muss es nett sein, sich aufzuhängen ...

– Teljegin stimmt die Gitarre. – Marina geht um das Haus herum und ruft die Hühner: Zip, zip, zip ...

Sonja: Altchen, was wollten denn die Bauern?

Marina: Immer dasselbe ... wegen des Rodelands sind sie gekommen. Zip, zip, zip ...

Sonja: Was rufst du denn da?

Marina: Die scheckige Henne ist mit den Küchlein fort ... Dass nur der Habicht nicht über sie gerät ... – Ab. Teljegin spielt auf der Gitarre eine Polka; alle hören schweigend zu. Ein Arbeiter tritt auf. –

Der Arbeiter: Ist der Herr Doktor da? – Zu Astrow – Mit Verlaub, Michael Lwowitsch, man hat mich nach Ihnen geschickt.

Astrow: Woher?

Der Arbeiter: Aus der Fabrik.

Astrow ärgerlich: Danke ergebenst. Was bleibt mir übrig? Ich muss hin ... – Sucht mit den Augen seine Mütze. – Wirklich ärgerlich, der Teufel mag's holen.

Sonja: Wie unangenehm. Aus der Fabrik kommen Sie doch zu Tisch?

Astrow: Nein, es wird schon zu spät sein ... – Er sucht. – Wo ist eigentlich ... – Zu dem Arbeiter. – Hör' mal, mein Lieber, hol' mir wenigstens ein Gläschen Branntwein! – Der Arbeiter entfernt sich. – Wo ist eigentlich ... ah, da ist sie! – Er hat seine Mütze gefunden. – Bei Ostrowski kommt irgendwo ein Mensch »mit großem Schnurrbart und kleinen Fähigkeiten« vor ... Der Mensch bin ich, sehen Sie! Na, ich empfehle mich, meine Herrschaften ... – Zu Helena Andrejewna. – Wenn Sie mir mal die Ehre geben wollen, vielleicht mit Sofia Alexandrowna zusammen, werde ich mich aufrichtig freuen. Ich habe nur ein ganz kleines Anwesen, höchstens dreißig Deßjatinen, aber dafür besitze ich, wenn Sie das interessiert, einen wahren Mustergarten und eine Baumschule, wie man sie auf tausend Werst in der Runde nicht wieder findet. Dicht daneben liegt die Kronsforstei … Der Förster ist alt und ewig krank … da hab' ich dann eigentlich die ganze Sorge für den Forst auf dem Halse.

Helena Andrejewna: Man sagte mir schon, dass Sie den Wald sehr lieben. Das mag alles recht nützlich sein, was Sie für ihn tun, aber behindert Sie das nicht in Ihrem eigentlichen Berufe? Sie sind doch Arzt!

Astrow: Der Himmel allein weiß, was unser eigentlicher Beruf ist.

Helena Andrejewna: Und ist's interessant?

Astrow: O ja, die Suche ist interessant.

Wojnizki ironisch: Sehr interessant.

Helena Andrejewna zu Astrow: Sie sind doch noch ein junger Mann, dem Aussehen nach, nu, sagen wir sechs-, siebenunddreißig … Ich glaub's gar nicht, dass es Sie so stark interessiert, wie Sie sagen. Immer nur Wald und Wald … das muss doch eintönig sein!

Sonja: Nein, es ist wirklich interessant. Jedes Jahr pflanzt Michail Lwowitsch junge Bäumchen aus, und er hat auch schon einen bronzene Medaille und ein Diplom bekommen. Er arbeitet auch dagegen, dass man den alten Wald gar zu sehr verwüste. Wenn Sie ihn hören, werden Sie ihm vollkommen recht geben. Er sagt, dass die Wälder ein Schmuck der Erde sind, dass den Menschen das Schöne begreifen lehren und ihn für erhabene Stimmungen empfänglich machen. Die Wälder mildern das strenge Klima, in Ländern mit mildem Klima aber braucht der Mensch nicht so viel Kraft auf den Kampf mit der Natur zu verwenden, und darum ist er dort sanfter, liebenswürdiger, schöner, impulsiver. Seine Stimme ist wohlklingender, seine Bewegungen sind graziöser. Wissenschaften und Künste blühen in solchen Ländern, ihre Philosophie predigt die Lebensfreude, die Beziehungen zur Frau sind vom Geiste der Schönheit geadelt …

Wojnizki lachend: Bravo, bravo! Das ist alles sehr hübsch gesagt, aber nicht überzeugend, zu Astrow und so wirst du mir schon gestatten, lieber Freund, dass ich wie bisher meine Öfen mit Holz heize und meine Speicher aus Holz baue.

Astrow: Du kannst die Öfen ebenso gut mit Torf heizen und die Speicher aus Steinen bauen. Ich will nichts weiter sagen, wenn man den Wald aus Not niederschlägt, aber muss er darum verwüstet werden? Die russischen Wälder krachen unter dem Beil, Milliarden von Bäumen gehen zugrunde, das Wild, die Vögel, gehen ihrer Wohnstätten verlustig, die Flüsse versanden und trocknen aus, die herrlichsten Landschaften schwinden für immer dahin – und alles nur darum, weil der Mensch zu gedankenlos und zu träg ist, um sich zu bücken und sein Heizmaterial aus der Erde heraufzuholen. – Zu Helena Andrejewna. – Habe ich nicht recht, meine Gnädige? Man muss wirklich ein ganz unverständiger Barbar sein, um diese Schönheit, diese Pracht, im Ofen zu verbrennen, um zu vernichten, was man nicht wieder schaffen kann. Der Mensch besitzt Verstand und schöpferische Kraft, um das zu vermehren, wessen er bedarf – bisher jedoch hat er nichts geschaffen, sondern immer nur zerstört. Immer mehr schwinden die Wälder zusammen, das Klima hat sich verschlechtert, und unser Land wird immer armseliger, immer unansehnlicher. Zu Wojnizki. Du siehst mich ironisch an – was ich sage, scheint dir nicht im Ernst gesagt … nun, vielleicht ist's wirklich nichts weiter als eine Schrulle; wenn ich aber an den Bauernwäldchen vorübergehe, die ich vor dem Niederschlagen gerettet habe, oder wenn ich das Rauschen meines jungen Waldes höre, den ich mit meinen eigenen Händen gepflanzt habe – dann sage ich, dass das Klima meines Vaterlandes doch auch ein klein wenig in meiner Gewalt ist, und dass, wenn in tausend Jahren die Menschen sich glücklich fühlen werden, auch ich an der Begründung ihres Glücks ein klein wenig teilhaben werde. Wenn ich eine junge Birke pflanze und dann sehe, wie sie sich im Winde wiegt, dann erfüllt Stolz meine Seele, und ich … Er sieht den Arbeiter, der ihm auf einem Präsentierteller ein Glas Branntwein reicht. Indessen … trinkt, es ist Zeit für mich. Das alles ist wohl nur eine Schrulle von mir. Habe die Ehre. – Geht nach dem Hause zu. Der Arbeiter ab. –

Sonja nimmt Astrows Arm und begleitet ihn: Wann werden Sie uns wieder besuchen?

Astrow: Ich weiß es nicht …

Sonja: Wieder erst in einem Monat? – Beide ab ins Haus; Maria Wassiljewna und Teljegin bleiben am Tische; Helena Andrejewna und Wojnizki entfernen sich vom Tische und treten näher der Terrasse hin. –

Helena Andrejewna: Ihr Benehmen war wieder ganz unmöglich, Iwan Petrowitsch. Was brauchten Sie Ihre Mama mit dem Perpetuum mobile zu ärgern? Und heute beim Frühstück haben Sie wieder mit Alexander gestritten – wie kleinlich das ist!

Wojnizki: Wenn ich ihn doch nun mal hasse!

Helena Andrejewna: Dazu haben Sie keine Veranlassung. Alexander ist so wie alle anderen … jedenfalls nicht schlechter als Sie …

Wojnizki: Wenn Sie sich doch selbst mal beobachteten … wenn Sie Ihr Gesicht, Ihre Bewegungen sehen könnten! Diese Trägheit in Ihrem ganzen Wesen … Diese Unlust am Leben!

Helena Andrejewna: Trägheit … Unlust am Leben – das stimmt vielleicht. Alle Welt redet es mir ja ein. Alle schelten meinen Mann und sehen mich mitleidig an: die Unglückliche, Sie ist die Frau eines Greises! O, ich begreife sie sehr wohl, die Beweggründe dieses Mitleids! Wie sagte doch Astrow vorhin? Ohne Vernunft verderbt ihr euren Wald, dass bald nichts mehr auf Erden davon übrig sein wird. Und ebenso vernunftlos verderbt ihr den Menschen, sodass, dank eurer Bemühungen, es bald auf Erden weder Treue, noch Keuschheit, noch Selbstaufopferung geben wird. Warum könnt ihr ein Weib, das nicht euch gehört, nicht gleichgültig ansehen? Weil in euch allen – der Doktor hat schon recht! – der Zerstörungsteufel steckt. Ihr schont weder Wälder, noch Vögel, noch Weiber, noch einer den andern …

Wojnizki: Hm – sie gefällt mir nicht, diese Philosophie! – Pause. –

Helena Andrejewna: Dieser Doktor hat ein müdes, nervöses Gesicht. Ein interessantes Gesicht. Sonja gefällt er offenbar, sie ist in ihn verliebt, was ich wohl verstehen kann. Während wir hier sind, war er bereits dreimal da … ich weiß nicht, ich bin eigentlich schüchtern ihm gegenüber. Noch nie hab' ich so recht vom Herzen weg mit ihm gesprochen, er muss mich für bösartig halten. Ich glaube, Iwan Petrowitsch, wir zwei vertragen uns nur darum so gut, weil wir beide so trostlos langweilige Menschen sind. Wirklich langweilig! Sehen Sie mich doch nicht so an … Sie wissen, ich liebe das nicht.

Wojnizki: Kann ich Sie denn anders ansehen, wenn ich Sie liebe? Sie sind mein Glück, mein Leben, meine Jugend! Ich weiß ja, dass meine Aussicht auf Gegenliebe verschwindend gering – beinahe gleich Null ist, aber ich will ja auch nichts weiter, erlauben Sie mir nur, Sie anzusehen, Ihre Stimme zu hören …

Helena Andrejewna: Leiser! Man kann Sie ja hören! – Sie gehen nach dem Hause zu. –

Wojnizki geht hinter ihr her: Gestatten Sie mir, von meiner Liebe zu sprechen, jagen Sie mich nicht fort – auch das ist für mich schon ein Glück ohnegleichen …

Helena Andrejewna: Sie sind wirklich ein Quälgeist … – Beide ab nach dem Hause; Teljegin greift in die Saiten und spielt eine Polka; Maria Wassiljewna macht eine Randbemerkung in der Broschüre. Vorhang.

Zweiter Aufzug

Speisezimmer im Hause Serebrjakows. – Nacht. – Man hört im Garten den Nachtwächter klopfen. Serebrjakow sitzt in einem Fauteuil am Fenster und schlummert. Helena Andrejewna sitzt, gleichfalls schlummernd, neben ihm.

Serebrjakow erwachend: Wer ist da? Sonja, bist du es?

Helena Andrejewna: Ich bin's.

Serebrjakow: Du, Lenotschka ... Ach, dieser unerträgliche Schmerz!

Helena Andrejewna: Dein Plaid ist heruntergerutscht. Wickelt ihm die Füße ein. Ich will das Fenster schließen, Alexander.

Serebrjakow: Lass nur, es ist mir so heiß ... Ich hab' eben ein wenig geschlummert und träumte, mein linkes Bein gehöre nicht mir. Auf einmal erwachte ich von einem heftigen Schmerz. Nein, das ist kein Podagra, sondern Rheumatismus. Wie spät ist's denn?

Helena Andrejewna: Zwanzig Minuten nach zwölf. – Pause. –

Serebrjakow: Such' mir doch mal morgen früh in der Bibliothek Batjuschkows Gedichte heraus. Wir haben sie doch?

Helena Andrejewna: Was?

Serebrjakow: Batjuschkows Gedichte solltest du mir morgen früh heraussuchen. Ich erinnere mich doch, dass wir den Band besaßen. Aber sag mal ... wie kommt es ... dass mir auf einmal das Atmen so schwer wird?

Helena Andrejewna: Du bist müde. Schon die zweite Nacht schläfst du nicht.

Serebrjakow: Turgenjew soll infolge des Podagras die Brustbräune bekommen haben. Ich fürchte, es wird mir ebenso gehen! Dieses verdammte, abscheuliche Alter! Der Teufel mag es holen! Seit ich alt geworden bin, bin ich mir selbst zuwider. Und euch allen muss es doch auch recht lästig sein, mich zu sehen.

Helena Andrejewna: Du sprichst von deinem Alter in einem Tone, als ob wir alle daran schuld wären, dass du alt bist.

Serebrjakow: Du bist es doch in allererster Reihe, der ich lästig bin! Helena Andrejewna steht auf und setzt sich in einiger Entfernung von ihm wieder hin. Gewiss, du

80

hast ja recht. Ich kann das sehr wohl begreifen. Du bist jung, gesund schön, du willst leben – und ich bin ein Greis, beinahe schon eine Leiche. Zu dumm, dass ich immer noch am Leben bin. Aber wartet nur, ich werde euch bald von der Last befreien. Ich werde die Sache nicht mehr lang hinziehen.

Helena Andrejewna: Ich halte es nicht länger aus ... Schweig, um Gottes willen!

Serebrjakow: Recht so: ich bin schuld daran, dass kein Mensch es mehr aushält, dass alle sich langweilen, alle ihre Jugend opfern – und ich bin der einzige, der das Leben genießt und zufrieden ist. Sehr gut! Sehr gut!

Helena Andrejewna: Schweig! Du quälst mich zu Tode!

Serebrjakow: Ich quäl' euch alle zu Tode. Natürlich!

Helena Andrejewna in Tränen: Das ist unerträglich. Sag' mal – was willst du von mir!

Serebrjakow: Nichts will ich!

Helena Andrejewna: Nun – dann sei still. Ich bitte dich darum.

Serebrjakow: Das ist doch sonderbar: wenn Iwan Petrowitsch etwas sagt oder Maria Wassiljewna, diese alte Idiotin – dann ist alles wunderschön, alle hören zu. Wenn ich aber nur den Mund auftue, fangen sie alle gleich an, sich unglücklich zu fühlen. Selbst meine Stimme finden sie unausstehlich. Nun gut, mag ich immerhin unausstehlich, mag ich ein Egoist, ein Despot sein – aber hab' ich denn nicht mal auf meine alten Tage ein klein wenig Recht darauf, ein Egoist zu sein? Hab' ich das nicht wirklich verdient? Hab' ich, so frage ich dich, wirklich gar keinen Anspruch auf ein ruhiges Alter, auf ein klein wenig Rücksicht von Seiten meiner Mitmenschen?

Helena Andrejewna: Niemand denkt daran, dir dein Recht streitig zu machen. – Das Fenster knarrt, vom Winde bewegt. – Der Wind hat sich erhoben, ich werde das Fenster schließen. Schließt das Fenster. Es wird gleich regnen ... Niemand, wie gesagt, macht dir deine Rechte streitig. – Pause. Der Wächter im Garten klopft und singt ein Lied. –

Serebrjakow: Sein ganzes Leben im Dienst der Wissenschaft hinopfern, an sein Arbeitskabinett, sein Auditorium, seine ehrenwerten Kollegen gewöhnt sein – und dann mit einem Male, gleichsam über Nacht, hier in diesem Grabgewölbe erwachen, Tag für Tag lauter dumme Menschen um sich sehen, lauter alberne Gespräche anhören ... ja, weißt du, das trag' einer mit Gleichmut! ... Ich will leben, ich liebe den Erfolg, den Ruhm, das Geräusch – und hier bin ich wie in der Verbannung. Jeden Augenblick nach der Vergangenheit bangen, die Erfolge der andern beobachten und vor dem Tode zittern … nein, das halt' ich nicht aus! Dazu fehlt mir die Kraft! Und da wollen Sie mir noch nicht mal mein Alter verzeihen!

Helena Andrejewna: Wart' ein Weilchen, hab' Geduld: in fünf, sechs Jahren werde auch ich alt sein. – Sonja kommt herein. –

Sonja: Du hast doch selbst nach dem Doktor Astrow schicken lassen, Papa – und jetzt, wo er da ist, willst du ihn nicht empfangen. Das ist nicht rücksichtsvoll. Nun haben wir den Herrn umsonst bemüht …

Serebrjakow: Was soll mir dein Astrow? Er versteht von der Medizin ebenso viel, wie ich von der Astronomie.

Sonja: Aber wir können doch wegen deines Podagras nicht die ganze medizinische Fakultät herkommen lassen!

Serebrjakow: Jedenfalls will ich mit diesem Narren nichts zu tun haben.

Sonja: Wie du willst. Setzt sich. Mir kann es gleich sein.

Serebrjakow: Wie spät ist es jetzt?

Helena Andrejewna: Bald ein Uhr.

Serebrjakow: Es ist so schwül hier … Sonja, bitte gib mir doch, bitte, die Tropfen da vom Tisch!

Sonja: Gleich. – Reicht ihm die Tropfen. –

Serebrjakow gereizt: Nicht doch … nicht diese! Gar nichts darf man von euch verlangen!

Sonja: Sei doch nicht so launisch, Papa. Ich habe so viele andere Sorgen: morgen wird das Heu eingefahren, da muss ich zeitig aufstehen. – Wojnizki kommt, im Schlafrock und mit einer Kerze in der Hand. –

Wojnizki: Ein Gewitter steigt auf. Es blitzt. Da! Helena und Sonja, ihr geht jetzt schlafen. Ich werde euch ablösen.

Serebrjakow erschrocken: Nein, nein! Lasst mich nicht mit ihm allein! Er wird mich totreden!

Wojnizki: Aber so lass sie doch auch mal zur Ruhe kommen! Sie schlafen schon die zweite Nacht nicht.

82

Serebrjakow: Gut, dann mögen sie schlafen gehen – aber auch du geh' fort! Ich bitte dich darum. Ich werde dir dafür dankbar sein. Im Namen unserer einstigen Freundschaft, widersprich nicht!

Wojnizki lächelnd: Unserer einstigen Freundschaft … einstigen … hm …

Sonja: Nicht doch, Onkel Wanja!

Serebrjakow zu seiner Gattin: Lass mich nicht mit ihm allein, Liebe! Er wird mich totreden!

Wojnizki: Die Sache wird wirklich schon lächerlich. – Marina kommt mit einer Kerze. –

Sonja: Geh' doch schlafen, Altchen! Es ist doch schon spät!

Marina: Der Samowar ist noch nicht weggestellt. Hat nichts zu sagen.

Serebrjakow: Alle kommen um ihren Schlaf, alle sind erschöpft – nur ich schwelge im Glück!

Marina tritt zu Serebrjakow hin, zärtlich: Wie geht's denn, Väterchen? Tut's wieder weh? Ja, ja, meine Beine wollen auch nicht mehr recht folgen! Sie rückt ihm das Plaid zurecht. Das ist schon ein altes Leiden bei Ihnen! Ich weiß noch, wie Sonetschkas Mama ganze Nächte lang nicht schlief … immer hat sie sich darum gegrämt. Sie hatte Sie wirklich schon gar zu lieb, Väterchen! – Pause. – Alte Leute sind wie die Kinder, lassen sich gar zu gern bedauern … es will sie aber keiner bedauern. – Küsst Serebrjakow auf die Schulter. – Komm. Väterchen, komm ins Bett … Komm, Herzchen … ich will dir Lindenblütentee kochen, dir 'ne heiße Kruke für die Füßchen zurechtmachen … zu Gott beten will ich für dich …

Serebrjakow gerührt: Komm, meine liebe Marina!

Marina: Meine Beine, siehst du, wollen auch nicht mehr recht vorwärts. Führt ihn gemeinsam mit Sonja fort. Ja, die Verstorbene … die hat sich was gegrämt … immer geweint hat sie … Du warst damals noch klein und dumm, Sonjuschka … So recht, Väterchen … so recht! … – Serebrjakow, Sonja und Marina ab. –

Helena Andrejewna: Ich bin wirklich ganz erschöpft. Kaum, dass ich mich auf den Beinen halte.

Wojnizki: Sie plagen sich mit ihm herum, und ich mit mir selbst. Das ist schon die dritte Nacht, die ich schlaflos verbringe.

Helena Andrejewna: Es wohnt kein Glück in diesem Haus. Ihre Mutter hasst alles – außer ihren Broschüren und dem Professor; der Professor ist beständig in Aufregung – er ist misstrauisch gegen mich und hat vor Ihnen Angst; Sonja ist auf ihren Vater und auf mich böse – schon seit vierzehn Tagen spricht sie nicht mit mir; Sie hassen Ihren Mann und zeigen Ihrer Mutter ganz offen vor allen Leuten Ihre Verachtung; ich bin im höchsten Grade nervös und war heute wohl zwanzigmal nahe daran, zu weinen … Es wohnt kein Glück in diesem Haus …

Wojnizki: Lassen wir die Philosophie!

Helena Andrejewna: Sie sind doch ein verständiger, gebildeter Mensch, Iwan Petrowitsch – so sollten Sie auch wissen, dass nicht die großen Katastrophen, die Verbrechen, Brände und so weiter die Welt zugrunde richten, sondern all die kleinen Feindseligkeiten und Geschäftigkeiten der Menschen, dieses abscheuliche Gezänk. Ihre Aufgabe sollte es sein, nicht ewig zu brummen, sondern die andern zu versöhnen!

Wojnizki: Versöhnen Sie mich erst mit mir selbst! Meine Teure … Er sucht ihre Hand an seine Lippen zu ziehen.

Helena Andrejewna: Lassen Sie das! Sie entzieht ihm die Hand. Sehen Sie!

Wojnizki: Der Regen ist gleich vorüber, die ganze Natur wird sich erfrischt fühlen und erleichtert aufatmen. Nur für mich allein bedeutet dieses Gewitter keine Erfrischung. Tag und Nacht quält mich der Gedanke, dass mein Leben unwiederbringlich verloren ist. Meine Vergangenheit wurde mit allerhand Narrenspossen vertrödelt … und meine Zukunft ist ohne Zweck und Sinn – einfach entsetzlich! Mein Leben, meine Liebe – was soll ich mit ihnen anfangen, sagen Sie!? Mein Gefühl geht zugrunde wie ein Sonnenstrahl, der in eine Höhle fällt, und auch ich selbst geh' zugrunde.

Helena Andrejewna: Wenn Sie mir von Ihrer Liebe sprechen, überkommt mich eine Art Stumpfsinn, ich weiß nicht, was ich Ihnen antworten soll. Verzeihen Sie … ich finde wirklich keine Antwort für Sie. Sie will gehen. Gute Nacht!

Wojnizki vertritt ihr den Weg: Und wenn Sie wüssten, wie ich leide bei dem Gedanken, dass neben mir, unter demselben Dache, noch ein zweites Leben zugrunde geht – das Ihrige! Was zögern Sie noch? Welche verfluchte Philosophie kann Sie noch zurückhalten? Begreifen Sie doch, begreifen Sie …

Helena Andrejewna sieht ihn durchdringend an: Iwan Petrowitsch, Sie sind betrunken!

Wojnizki: Kann sein, kann schon sein …

Helena Andrejewna: Wo ist der Doktor?

Wojnizki: Dort ... in meinem Zimmer übernachtet er. Kann sein ... kann schon sein! Kann alles sein!

Helena Andrejewna: Warum haben Sie heute wieder getrunken?

Wojnizki: Es sieht doch wenigstens so aus, als ob man lebte. Lassen Sie mich trinken, Helena, schelten Sie mich nicht!

Helena Andrejewna: Sie haben doch früher nie getrunken und auch nie so viel geredet ... Gehen Sie schlafen! Ich langweile mich in Ihrer Gesellschaft.

Wojnizki will wieder ihre Hand küssen: Meine Teure! ... Meine Herrliche!

Helena Andrejewna ärgerlich: Lassen Sie mich in Frieden. Das wird mir zuletzt wirklich widerlich. – Ab. –

Wojnizki allein: Sie ist fort. – Pause. – Vor zehn Jahren hab' ich sie bei meiner verstorbenen Schwester getroffen. Damals war sie siebzehn und ich siebenunddreißig. Warum hab' ich mich damals nicht in sie verliebt und ihr einen Heiratsantrag gemacht? Die Sache lag doch so nahe! Dann wäre sie jetzt meine Frau ... Ja! ... Das Gewitter hätte uns beide aus dem Schlaf geweckt – sie wäre ganz erschrocken von dem Donner, und ich würde sie in meinen Armen halten und ihr zuflüstern: »Fürchte dich nicht, ich bin ja da!« O wunderbarer Gedanke – wie herrlich, ich lächle sogar! Doch, mein Gott, ich glaube – es ist nicht mehr ganz klar in meinem Kopfe ... Warum muss ich schon so alt sein? Warum will sie mich nicht verstehen? Ihre Rhetorik, ihre flaue Moral, ihre trägen Gedanken über das Zugrundegehen der Welt – das alles ist mir in der Seele zuwider. – Pause. – O, wie bin ich betrogen! Ich habe diesen Professor, diesen jämmerlichen Podagristen, vergöttert. Ich habe für ihn wie ein Ochse gearbeitet. Ich habe mit Sonja zusammen den letzten Saft aus diesem Gute herausgepresst. Wie die Hökerweiber haben wir mit Rüböl, mit Erbsen, mit Käse gehandelt und haben uns selber nicht satt gegessen, um nur aus lauter Groschen und Kopeken Tausende aufzuhäufen und ihm zu schicken. Ich war stolz auf ihn und auf seine Wissenschaft, ich lebte, ich atmete durch ihn. Alles, was er schrieb und dozierte, erschien mir genial ... Herr Gott – und jetzt? Jetzt ist er pensioniert und nun sieht man erst das Fazit seines Lebens: nicht ein einziges Blatt wird dauernd bleiben von all seinem Wirken, er ist ein Unbekannter, ein Nichts! Eine Seifenblase! Und ich bin betrogen ... – Astrow tritt ein, ohne Weste und Krawatte; er ist angeheitert; hinter ihm Teljegin mit der Gitarre. –

Teljegin: Aber es schläft doch alles!

Astrow: Spiel' nur. – Teljegin beginnt leise zu spielen. –

Astrow zu Wojnizki: Du bist allein? Die Damen nicht anwesend? Stemmt die Arme in die Seiten und singt: »Hat ein Haus von Betten voll, weiß nicht, wo er schlafen soll!« ... Das Gewitter hat mich aus dem Schlaf geweckt, es regnet großartig. Wie spät ist's denn?

Wojnizki: Der Teufel mag's wissen.

Astrow: Es war mir doch, als ob ich Helena Andrejewnas Stimme gehört hätte!

Wojnizki: Sie war eben hier.

Astrow: Ein prächtiges Weib! – Betrachtet die Fläschchen auf dem Tische. – Lauter Medizin und Rezepte aus aller Welt: aus Charkow, aus Moskau, aus Tula ... alle Städte des Erdballs hat er mit seinem Podagra belästigt. Ist er wirklich krank, oder simuliert er?

Wojnizki: Er ist krank. – Pause. –

Astrow: Was bist du denn heut' so traurig? Tut dir der Professor so leid, oder was ist's sonst?

Wojnizki: Lass mich.

Astrow: Vielleicht bist du in die Frau Professor verliebt?

Wojnizki: Sie ist meine Vertraute.

Astrow: Ah ... so weit haltet ihr schon?

Wojnizki: »Schon«? Was soll das heißen?

Astrow: Eine Frau wird in folgender Reihenfolge die Vertraute eines Mannes: ad 1 – Freundin, ad 2 – Geliebte, ad 3 – Vertraute.

Wojnizki: Eine sehr fade Philosophie.

Astrow: Meinst du? ... Kannst vielleicht recht haben. Ich werde eben fad mit der Zeit. Du siehst, ich bin auch betrunken. Ich betrinke mich durchschnittlich etwa einmal im Jahre – dann werde ich furchtbar frech und zudringlich. Dann ist mir einfach alles schnuppe. Ich mache mich an die schwierigsten Operationen und führe sie tadellos aus; ich entwickle die entwickle die großartigsten Zukunftspläne und halte mich dabei nicht etwa für einen komischen Kauz, sondern bin fest überzeugt, dass ich der Menschheit einen ganz gewaltigen Nutzen bringe ... ja, einen ganz gewaltigen! Ich habe dann auch mein eignes philosophisches System – ihr alle, meine Lieben, erscheint mir dann sozusagen als kleine Köfferchen, als Mikroben ... – Zu Teljegin. – He, Waffelkuchen, spiel' mal!

Teljegin: Von Herzen gern, mein Lieber ... aber begreif' doch: alles schläft im Hause!

Astrow: Spiel'! – Teljegin fährt ganz leise über die Saiten. – Ich möcht' was trinken ... ich glaube, es ist noch ein Rest Kognak übriggeblieben. Trinkst du einen mit? – Er sieht Sonja, die ins Zimmer tritt. – Entschuldigen Sie ... ich bin ... ohne Krawatte. – Entfernt sich rasch. Teljegin hinter ihm ab. –

Sonja: Du hast wieder mit dem Doktor gekneipt, Onkel Wanja! Haben ein bisschen pokuliert, die gestrengen Herren! Na, beim Doktor ist man's ja gewohnt ... aber du, Onkel? In deinen Jahren macht sich das wirklich nicht mehr nett.

Wojnizki: Die Jahre haben damit nichts zu tun. Wer kein wirkliches Leben kennt, sucht sich wenigstens ein Trugbild des Lebens vorzuspiegeln. Immer besser als nichts.

Sonja: Es regnet Tag für Tag, das Heu verfault uns auf der Wiese – und du unterhältst dich mit Trugbildern des Lebens. Um die Wirtschaft kümmerst du dich gar nicht mehr ... Ich muss ganz allein arbeiten, bin schon völlig hin ... Erschrocken. Onkel, du hast Tränen in den Augen!

Wojnizki: Was, Tränen? Nicht doch! Unsinn ... Du hast mich eben ganz so angesehen wie deine verstorbene Mutter ... – Küsst ihr voll Rührung Gesicht und Hände. – Meine Schwester ... meine liebe, gute Schwester ... wo ist sie jetzt? Wenn sie wüsste! Ach, wenn sie wüsste!

Sonja: Was denn, Onkel? Was wüsste?

Wojnizki: Wie traurig, ach ... wie schwer! ... Nichts weiter ... Später mal ... Nichts ... Ich will gehen ... – Ab. –

Sonja klopft an die Tür: Michail Lwowitsch! Schlafen Sie? Ach, bitte, einen Augenblick!

Astrow hinter der Tür: Sofort. – Nach einer kurzen Pause ins Zimmer tretend, jetzt schon mit Weste und Krawatte. – Was befehlen Sie?

Sonja: Lieber Herr Doktor, wenn Ihnen das Trinken Vergnügen macht, dann trinken Sie, soviel Sie wollen, aber animieren Sie, bitte, den Onkel nicht dazu. Es schadet ihm.

Astrow: Schön. Wir werden nicht mehr trinken. – Pause. – Ich fahre gleich nach Hause. Abgemacht. Bevor Sie angespannt haben, ist's hell draußen.

Sonja: Nicht doch, es regnet ja! Warten Sie bis zum Frühstück!

Astrow: Das Gewitter ist vorüber, wir haben nur ein Pröbchen davon abbekommen. Ich fahre. Rufen Sie mich, bitte, nicht mehr zu Ihrem Herrn Papa. Ich sage ihm – es ist Podagra, und er behauptet, es sei Rheumatismus. Ich bitte ihn, sich hinzulegen – und er sitzt. Und heute wollte er überhaupt nicht mit mir reden.

Sonja: Er ist verhätschelt. – Sucht im Büffet. – Wollen Sie einen Imbiss nehmen?

Astrow: Wenn ich bitten darf ...

Sonja: Ich esse gern in der Nacht ein Häppchen. Es muss doch was da sein im Büffet. Man sagt, er habe bei den Frauen große Erfolge gehabt, die Damen hätten ihn verzogen ... Da ist Käse, bitte, nehmen Sie! – Beide stehen am Büffet und essen. –

Astrow: Ich hab heute nichts gegessen, immer nur getrunken. Ihr Vater hat einen schwierigen Charakter. – Er langt eine Flasche aus dem Büffet heraus. – Ist's erlaubt? – Er gießt sich ein Gläschen voll und trinkt. – Wir sind allein, da kann ich mal offen reden. In Ihrem Hause könnte ich's, glaub' ich, nicht einen Monat aushalten – ich würde ersticken in dieser Atmosphäre ... Ihr Vater, der ganz in seinem Podagra und seinen Büchern aufgeht, Onkel Wanja mit seiner Hypochondrie, Ihre Großmutter, Ihre Stiefmama endlich ...

Sonja: Was ist mit meiner Stiefmama?

Astrow: An einem Menschen soll alles schön sein – Gesicht, die Kleider, die Seele, die Gedanken. Keine Frage, dass sie schön ist ... aber sie tut doch nichts weiter, als dass sie isst und schläft, spazierengeht und uns mit ihrer Schönheit bezaubert. Das ist alles. Sie kennt keine Pflichten, andre müssen für sie arbeiten. Ist es nicht so? Und ein müßiges Leben kann niemals rein sein. – Pause. – Übrigens, vielleicht bin ich zu streng in meinem Urteil. Ich habe keine Befriedigung gefunden im Leben, ganz wie Ihr Onkel Wanja, und so sind wir beide alte Brummbären geworden.

Sonja: Sie sind also mit dem Leben unzufrieden?

Astrow: Im allgemeinen liebe ich das Leben, aber unser russisches Leben, unser biederes Spießerleben, wie wir es hier auf dem Lande führen – das kann ich nicht leiden, das veracht' ich aus ganzem Herzen. Und was mein eignes, persönliches Leben anlangt, so kann ich, bei Gott, schon gar nichts Erfreuliches darin entdecken. Wenn man in dunkler Nacht durch den Wald schreitet und plötzlich in der Ferne ein Licht erblickt, dann vergisst man alles – die eigne Müdigkeit, und die Dunkelheit und die Dornenzweige, die einem ins Gesicht schlagen … Ich arbeite gewiss – das müssen Sie selbst sagen – wie kein zweiter Mensch im ganzen Bezirk. Das Schicksal spart mir die Dornen nicht, ja ich leide oft unerträglich – aber ich sehe kein Licht, das mir aus der Ferne winkte. Ich erwarte für mich schon längst nichts mehr, ich liebe die Menschen nicht … lange schon liebe ich niemanden …

Sonja: Niemanden?

Astrow: Nein. Nur für Ihre alte Kinderfrau Marina fühle ich eine gewisse Zärtlichkeit – aus Gewohnheit und alter Bekanntschaft. Unsere Bauern sind mir zu stumpf, zu unterentwickelt und zu schmutzig. Mit der Intelligenz hier ist's schwer zu leben … alle unseren guten Bekannten denken und fühlen so kleinlich, sie sehen nicht weiter, als ihre Nase reicht, mit einem Wort – sie sind dumm. Die wenigen aber, die über den Durchschnitt hinausragen, sind hysterisch, vom Geiste der Analyse, von der Sucht zu reflektieren angefressen … Sie sind von Weltschmerz und Menschenhass geplagt, leiden an einer krankhaften Verleumdungssucht, nähern sich den Menschen immer nur von der Seite, sehen jedermann scheel an und dekretieren sofort: »O, das ist ein Psychopath!« oder: »Das ist ein Phrasenheld!« Und wenn sie nicht wissen, was für ein Etikett sie einem auf die Stirn kleben sollen, dann heißt es: »Das ist ein Sonderling.« Ich bin zum Beispiel ein Freund des Waldes – das finden sie sonderbar; ich esse kein Fleisch – auch das ist sonderbar. Eine unmittelbare, keusche, ungezwungene Beziehung zu Menschen und Dingen, die gibt's eben nicht mehr … gibt es einfach nicht. Will trinken.

Sonja sucht ihn daran zu hindern: Nicht doch … ich bitte Sie, trinken Sie nicht mehr!

Astrow. Warum?

Sonja: Es steht Ihnen so gar nicht an! Sie sind ein so netter Mensch, haben eine so angenehme Stimme … Ja, noch mehr – Sie sind wie kein einziger von allen, die ich kenne: Sie sind schön. Weshalb wollen Sie ebenso sein wie all die gewöhnlichen Leute, die da trinken und Karten spielen? O, tun Sie das nicht, ich bitte Sie! Sie klagen immer, dass die Menschen nichts schaffen, sondern obendrein das, was ihnen eine höhere Macht verliehen hat, selbst zerstören … Warum … warum wollen Sie sich selbst zerstören? Das darf nicht sein, um keinen Preis … ich bitte, ich beschwöre Sie!

Astrow reicht ihr die Hand: Ich werde nicht mehr trinken.

Sonja: Geben Sie mir Ihr Wort darauf!

Astrow: Mein Ehrenwort.

Sonja drückt ihm fest die Hand: Ich danke Ihnen!

Astrow: Basta! Ich bin nüchtern geworden. Sehen Sie doch, ich bin schon ganz nüchtern und werde bis ans Ende meiner Tage so bleiben. – Sieht auf die Uhr. – Doch nun weiter im Text ... wo hielt ich noch? Ach ja ... also ich sage: meine Zeit ist vorüber, es ist vorbei mit mir. Ich bin gealtert, abgearbeitet und fad geworden. Die Empfindungen sind abgestumpft, sehen Sie – ich glaube nicht, dass ich mich noch irgend jemandem so recht von Herzen anschließen könnte. Ich liebe niemanden und ... werde niemanden mehr liebgewinnen. Was mich noch einigermaßen zu fesseln vermag – das ist die Schönheit. Gegen die bin ich nicht gleichgültig. Wenn zum Beispiel Helena Andrejewna wollte ... ich glaube, sie könnte mir in einem Tage den Kopf verdrehen. Aber das ist eben nicht Liebe, nicht Anhänglichkeit ... Bedeckt mit der Hand die Augen und fährt zusammen.

Sonja: Was ist Ihnen?

Astrow: Nichts weiter ... Der Kranke fiel mir eben wieder ein, der mir in der Narkose gestorben ist ...

Sonja: Den sollten Sie doch längst vergessen haben! – Pause. – Sagen Sie mal, Michail Lwowitsch ... wenn ich so einen Freundin hätte oder eine jüngere Schwester, und wenn Sie nun in Erfahrung brächten, dass sie ... na, sagen wir mal: Sie liebt – wie würden Sie sich dazu stellen?

Astrow achselzuckend: Das weiß ich nicht. Wahrscheinlich gar nicht ... ich würde ihr zu verstehen geben, dass ich sie nicht zu lieben vermag, dass mein Kopf von anderen Dingen in Anspruch genommen ist ... Doch wenn ich fahren soll, ist's wirklich höchste Zeit. Leben Sie wohl, Verehrte, sonst kommen wir bis in den hellen Tag hinein mit unserm Plaudern nicht zu Ende. – Drückt ihr die Hand. – Ich gehe durchs Gastzimmer, wenn Sie erlauben, sonst hält mich Ihr Onkel noch zurück. – Ab. –

Sonja allein: Er hat mir nichts gesagt ... Sein Herz, seine Seele sind mir noch verschlossen ... und doch: warum fühle ich mich so beglückt? Lächelt glücklich. Ich sagte ihm: »Sie sind nett, Sie sind schön, Sie haben eine angenehme Stimme« ... War das vielleicht unpassend? Seine Stimme hat so etwas Zitterndes, Liebkosendes ... ich höre sie nachklingen in der Luft ... Und das, was ich ihm sagte ... von der jüngeren Schwester, das hat er nicht verstanden ... Ringt die Hände. Wie schrecklich ist's doch, dass ich nicht schön bin! Ach, wie schrecklich! Und ich weiß, dass ich es nicht bin, ich weiß es ganz genau ... Am letzten Sonntag, als ich aus der Kirche kam, hörte ich, wie man von mir sprach, eine Frau sagte: »Sie ist gut, sie ist edelmütig – nur schade, dass sie so gar nicht hübsch ist!« ... Nicht hübsch ... – Helena Andrejewna tritt ein. –

90

Helena Andrejewna öffnet die Fenster: Das Gewitter ist vorüber. Wie köstlich die Luft ist! – Pause. – Wo ist der Doktor?

Sonja: Er ist fort. – Pause. –

Helena Andrejewna: Sophie!

Sonja: Was?

Helena Andrejewna: Wie lange werden Sie mit mir noch schmollen? Wir haben einander doch nichts getan! Warum sollen wir Feindinnen sein? Lassen wir es gut sein …

Sonja: Ich hatte die gleiche Absicht … – Umarmt Helena. – Wir wollen uns gut sein.

Helena Andrejewna: Von Herzen gut … Das ist ausgezeichnet. Beide sind gerührt.

Sonja: Ist Papa zu Bett?

Helena Andrejewna: Nein, er sitzt im Gastzimmer … Da haben wir nun wochenlang nicht miteinander gesprochen, Gott weiß, weshalb … Sieht das offene Büffet. Was ist denn das?

Sonja: Michail Lwowitsch hat gefrühstückt.

Helena Andrejewna: Da ist ja auch Wein … Kommen Sie, wir wollen Brüderschaft trinken!

Sonja: Mit Vergnügen.

Helena Andrejewna: Aus einem Glase! – Sie gießt ein. – Also – auf du und du?

Sonja: Auf du und du. – Sie trinken und küssen sich. – Ich wollte schon längst Frieden schließen, aber es war mir immer peinlich … – Weint. –

Helena Andrejewna: Warum weinst du?

Sonja: Nichts, nur so …

Helena Andrejewna: Sieh doch, sie doch … – Weint. – Kleine Närrin, hast auch mich zum Weinen gebracht … – Pause. – Du bist mir böse, weil du meinst, dass ich deinen Vater aus Berechnung geheiratet habe. Wenn du meinen Schwüren glauben willst, dann schwöre ich dir: ich habe ihn aus Liebe geheiratet. Ich verehrte in ihm

91

den großen Gelehrten, den berühmten Mann. Es war eine unechte, künstliche Liebe – damals aber hielt ich sie für echt. Ich fühle mich frei von Schuld. Und du hast mich vom Hochzeitstage an beständig mit deinen klugen, argwöhnischen Augen gequält …

Sonja: Nun, Friede, Friede! Lass uns vergessen!

Helena Andrejewna: Du darfst nicht so dreinschauen – es steht dir nicht! Man muss Vertrauen haben zu den Menschen, sonst kann man nicht leben. – Pause. –

Sonja: Sag' mir auf Ehre und Gewissen, als Freundin, bist du glücklich?

Helena Andrejewna: Nein.

Sonja: Ich wusste es. Und noch eine Frage. Sag' mir offen: möchtest du wohl einen jungen Gatten haben?

Helena Andrejewna: Was für ein Kind du noch bist! Natürlich möcht' ich das! – Lacht. – Nun, frag' mich noch irgendwas, frag'!

Sonja: Gefällt dir der Doktor?

Helena Andrejewna: He ja, sehr.

Sonja lacht: Ich mach' wohl jetzt ein recht dummes Gesicht … wie? Er ist jetzt fort, und ich höre immer noch seine Stimme und seine Schritte, und wenn ich nach dem dunklen Fenster da schaue, glaub' ich sein Gesicht zu sehen. Lass mich mal offen reden … aber ich kann dir das nicht so laut sagen, ich schäme mich. Komm in mein Zimmer, dort wollen wir plaudern … Ich erscheine dir wohl recht albern, wie? … Sag' mir doch irgendwas von ihm …

Helena Andrejewna: Was denn?

Sonja: Er ist doch so ein kluger Mensch, nicht wahr? Er kann alles, versteht alles … Menschen kuriert er … Bäume pflanzt er …

Helena Andrejewna: Die Bäume machen es nicht, so wenig wie die Medizin. Aber, meine Liebe: Er ist ein Talent! Weißt du, was das ist – ein Talent? Das ist ein Mensch, der Kühnheit und Schwung besitzt, der frei in die Welt hinausblickt … Er pflanzt ein Bäumchen und errät schon, was in tausend Jahren daraus geworden sein wird, träumt schon vom Glück der Menschheit … Solche Menschen sind selten, siehst du – die muss man lieben! … Er trinkt und ist manchmal grob … aber was tut das? Ein talentvoller Mensch kann in Russland nicht rein bleiben. Bedenk' doch mal, was für ein Leben dieser Doktor führt! Die schmutzigen Straße, die Fröste, die

Schneestürme, die weiten Entfernungen, das rohe, wilde Volk, die Krankheiten …
wie kann ein Mensch, der unter solchen Umständen Tag für Tag schwer arbeitet, bis
zu den Vierzigern ein Musterknabe bleiben? – Küsst sie. – Ich wünsch' dir von Herzen Glück, du verdienst es … – Erhebt sich. – Ich bin nur eine Episodenfigur, siehst
du, und eine langweilige dazu. In der Musik, im Hause meines Gatten, in meinen
Herzensromanen – überall, mit einem Wort, war ich nur eine Episodenfigur. Wenn
ich dir die Wahrheit sagen soll, Sonja – ich bin sehr, sehr unglücklich! – Geht erregt
auf und ab. – Es gibt für mich kein Glück in dieser Welt … Warum lachst du?

Sonja lacht, bedeckt ihr Gesicht mit den Händen: Ich bin so glücklich … so glücklich!

Helena Andrejewna: Ich möcht' etwas spielen … ich habe solche Lust, ein wenig zu
musizieren …

Sonja: Spiel'! – Umarmt sie. – Ich kann nicht schlafen ... Spiel'!

Helena Andrejewna: Dein Vater schläft nicht. Wenn er krank ist, regt ihn die Musik
auf. Geh, frag' ihn. Wenn er nichts dagegen hat, spiele ich. Geh!

Sonja: Gleich. – Ab. Im Garten hört man das Klopfen des Wächters. –

Helena Andrejewna: Ich habe schon lange nicht mehr gespielt. Ich werde spielen
und weinen, weinen wie eine Närrin. Zum Fenster hinaus. Bist du's, Jefim, der da
eben klopfte?

Stimme des Nachtwächters: Ich bin's.

Helena Andrejewna: Lass das Klopfen, der gnädige Herr ist krank.

Stimme des Nachtwächters: Gleich geh' ich. – Pfeift die Hunde herbei. – Heda,
Maltschik, Schutschka!

Sonja kommt zurück: Er erlaubt es nicht. – Vorhang. –

Dritter Aufzug

Gastzimmer in Serebrjakows Hause. Drei Türen, je eine rechts, links und in der Mitte. Mittag. Wojnizki, Sonja sitzt, und Helena Andrejewna, die, in Nachdenken versunken, auf der Bühne auf und ab geht.

Wojnizki: Der Herr Professor haben den Wunsch ausgesprochen, wir möchten uns heute um ein Uhr mittags alle in diesem Gastzimmer versammeln. – Sieht auf die Uhr. – Noch eine Viertelstunde fehlt. Er will vermutlich die Welt mit irgendeiner Enthüllung überraschen.

Helena Andrejewna: Eine geschäftliche Angelegenheit wahrscheinlich.

Wojnizki: Der befasst sich nicht mit geschäftlichen Angelegenheiten. Blödsinniges Zeug schmieren, räsonieren und eifersüchtig sein, das ist sein Tagewerk.

Sonja vorwurfsvoll: Aber Onkel!

Wojnizki: Gut, gut … ich tu's nicht wieder. – Zeigt auf Helena Andrejewna. – Nun sieh dir mal unsere Gnädige an: geht hier spazieren und regt sich auf vor lauter Faulheit! Wie nett! Wie lieb!

Helena Andrejewna: Sie müssen den ganzen Tag brummen und nichts als brummen. Dass sie dessen nicht überdrüssig werden! Schwermütig. Ich sterbe vor Langeweile – weiß wirklich nicht, was ich tun soll!

Sonja achselzuckend: Hier gäbe es genug zu tun, wenn du nur wolltest …

Helena Andrejewna: Zum Beispiel?

Sonja: Beschäftige dich in der Wirtschaft, unterrichte die Bauernkinder, besuch' die Kranken im Dorfe! Ist das nicht genug? Wie ihr noch nicht hier wart, du und Papa, sind wir oft mit Onkel Wanja zusammen auf den Markt gefahren, um mit Mehl zu handeln.

Helena Andrejewna: Das versteh' ich doch nicht – und dann ist's auch uninteressant. Bauernkinder unterrichten, sagst du, und Bauern kurieren … das kommt doch nur in den modernen Tendenzromanen vor! Wie soll ich jetzt auf einmal anfangen zu unterrichten oder zu kurieren?

Sonja: Siehst du – und ich versteh' wieder nicht, wie man so was nicht tun kann! Fang nur an … wirst dich schon dran gewöhnen! – Umarmt sie. – Nicht so grämlich, meine Liebe! – Lacht. – Du langweilst dich, findest nichts zu tun – und Langeweile und Müßiggang sind ansteckend. Sieh doch: Onkel Wanja tut jetzt rein gar nichts mehr, schleicht nur immer hinter dir her wie ein Schatten, und auch ich habe alles liegen lassen und komme hierher gelaufen, um mit dir zu plaudern. Ganz faul bin ich geworden, hab' zu gar nichts mehr Lust. Doktor Astrow war früher sehr selten bei uns, höchstens einmal im Monat, und ließ sich niemals halten – und jetzt kommt er alle Tage, kümmert sich um keinen Wald, um keine Medizin. Du musst eine Zauberin sein.

Wojnizki: Was quälen Sie sich denn? Lebhaft. Seien Sie doch klug, meine Holde, Schöne! In Ihren Adern fließt Nixenblut – so spielen Sie doch mal die Nixe! Leben Sie sich wenigstens einmal im Leben frei aus, verlieben Sie sich schleunigst bis über die Ohren in irgendeinen Wassermann … und dann plumps! mit dem Kopfe voran in die Tiefe, dass der Herr Professor und wir alle nur so die Hände zusammenschlagen!

Helena Andrejewna: Lassen Sie mich in Frieden! das ist grausam! Will gehen.

Wojnizki hält sie zurück: Nun, nun, meine Teure, verzeihen Sie … Ich bitt' um Verzeihung. Küsst ihr die Hand. Friede!

Helena Andrejewna: Ein Engel könnte die Geduld verlieren, das müssen Sie doch zugeben!

Wojnizki: Zum Zeichen der Versöhnung und des Friedens hol' ich Ihnen jetzt gleich ein Rosenbukett; heut' morgen schon hab' ich's für Sie abgeschnitten … Herbstrosen sind's, prächtige, traurige Rosen … – Ab. –

Sonja: Herbstrosen – prächtige, traurige Rosen … – Beide sehen zum Fenster hinaus. –

Helena Andrejewna: Nun ist der September schon da. Wie werden wir hier nur den Winter verbringen? – Pause. – Wo ist der Doktor?

Sonja: Im Zimmer, bei Onkel Wanja. Er schreibt da irgend etwas. Gut, dass der Onkel fort ist … ich muss mit dir reden …

Helena Andrejewna: Wovon?

Sonja: Wovon? … Sie legt ihren Kopf an Helenas Brust.

Helena Andrejewna: Nun, schon gut … ich weiß schon … Sie streichelt ihr Haar.

Sonja: Ich bin nicht hübsch …

Helena Andrejewna: Du hast sehr schönes Haar.

Sonja: Nein, nein! Sieht sich um und sucht in den Spiegel zu sehen. Nein! Wenn ein Mädchen nicht hübsch ist, sagt man ihm: »Du hast schöne Augen, du hast schönes Haar« ... Ich liebe ihn schon sechs Jahre lang, liebe ihn mehr, als ich je meine Mutter geliebt habe; in jedem Augenblick glaube ich seine Stimme zu hören, spür' ich den Druck seiner Hand; ich schaue erwartungsvoll nach der Tür, denke jeden Moment, dass er eintreten wird. Und immer wieder, siehst du, komm' ich zu dir, um mit dir von ihm zu plaudern. Jetzt ist er jeden Tag hier – aber er hat keinen Blick für mich ... er sieht mich gar nicht ... Das ist eine solche Qual! Ich habe keine Hoffnung ... nicht die geringste, nein, nein! Verzweifelt. O Gott, gib mir doch Kraft! ... Die ganze Nacht habe ich gebetet ... Ich trete oft an ihn heran, spreche ihn selber an, sehe ihm in die Augen ... Ich besitze gar keinen Stolz mehr, gar keine Kraft, mich zu beherrschen ... ich hielt's nicht länger aus und erzählte es gestern Onkel Wanja, dass ich ihn liebe ... Die ganze Dienerschaft weiß es, dass ich ihn liebe. Alle wissen es.

Helena Andrejewna: Und er?

Sonja: Er bemerkt nichts ... weiß nichts ...
Helena Andrejewna nachdenklich: Ein sonderbarer Mensch ... Weißt du was? Gestatte mir, dass ich mit ihm rede ... Natürlich ganz vorsichtig, nur andeutungsweise ... – Pause. – was willst du noch länger in Ungewissheit schweben? ... Gestatte es! – Sonja nickt bejahend mit dem Kopfe. –

Helena Andrejewna: Ausgezeichnet! Entweder liebt er dich, oder er liebt dich nicht – das ist nicht schwer zu erfahren. Beunruhige dich gar nicht, mein Täubchen, hab' keine Angst ... ich werde ihn so geschickt ausfragen, dass er's gar nicht merkt. Wir brauchen ja nur zu wissen: ja – oder nein? – Pause. – Im Verneinungsfalle soll er nicht mehr hierher kommen ... einverstanden? – Sonja nickt bejahend mit dem Kopfe. –

Helena Andrejewna: Du wirst es leichter tragen, wenn du ihn nicht mehr siehst. Wir wollen es nicht auf die lange Bank schieben, wollen ihn gleich jetzt ins Verhör nehmen. Er wollte mir irgendwelche Zeichnungen und Pläne zeigen ... geh', sag' ihm, ich wünschte ihn zu sehen.

Sonja in heftiger Bewegung: Du wirst mir die ganze Wahrheit sagen?

Helena Andrejewna: Gewiss, natürlich. Ich meine, dass die Wahrheit, welcher Art sie auch sein mag, doch weniger schrecklich ist als die Ungewissheit. Verlass dich ganz auf mich, Kind.

96

Sonja: Ja, ja ... ich werde sagen, dass du seine Pläne sehen willst. Geht, bleibt jedoch vor der Tür stehen. Nein, die Ungewissheit ist besser ... es bleibt doch immer noch ein Hoffnungsschimmer ...

Helena Andrejewna: Wie meinst du?

Sonja: Nichts. – Ab. –

Helena Andrejewna allein: Es gibt nichts Peinlicheres, als ein fremdes Geheimnis zu wissen und doch nicht helfen zu können. – Nachdenklich. – Er ist in sie nicht verliebt, das ist klar, aber weshalb sollte er sie nicht heiraten? Sie ist nicht hübsch, doch für einen Landarzt, noch dazu in seinen Jahren, wäre sie eine prächtige Frau. Sie ist klug, gut, keusch ... nein, nein ... das geht nicht, das geht nicht ... – Pause. – Ich kann das arme Mädchen wohl begreifen. Mitten in dieser verzweifelten Langeweile, wo ihr statt wirklicher, lebendiger Menschen immer nur eine Art graue Flecke begegnen, wo sie nichts als Gemeinheiten hört, wo man sich nur mit Essen, Trinken, Schlafen beschäftigt, taucht ab und zu ein Mensch auf, der den andern nicht gleicht, ein hübscher, interessanter, einnehmender Mann, – wie der helle Mond im nächtlichen Dunkel sich dem Zauber eines solchen Menschen hinzugeben, ganz im Selbstvergessen ... es scheint fast, ich selbst hab' mich ein wenig hinreißen lassen. Jawohl, ich langweile mich ohne ihn ... ich lächle, wenn ich an ihn denke ... Dieser Onkel Wanja sagt, in meinen Adern fließe Nixenblut ... »Leben Sie sich einmal im Leben frei aus« ... Nun, vielleicht wär' dies das Richtige ... Frei wie ein Vogel davonfliegen, fort von euch allen, eure verschlafenen Gesichter nicht mehr sehen, euer Geschwätz nicht mehr hören, überhaupt vergessen, dass ihr alle auf der Welt existiert ... Aber ich bin zu feig dazu, zu zimperlich ... Da kommt er nun alle Tage her, und ich errate, weshalb er kommt – und schon fühle ich mich schuldig, bin bereit, vor Sonja in die Knie zu sinken, um Verzeihung zu bitten, zu weinen ... – Astrow tritt ein, mit einer Kartenzeichnung. –

Astrow: Guten Tag! – Reicht ihr die Hand. – Sie wünschten meine Zeichnerei zu sehen?

Helena Andrejewna: Sie versprachen gestern, mir Ihre Arbeiten zu zeigen ... Haben Sie jetzt Zeit?

Astrow: O, gewiss. – Er breitet auf einem Spieltisch seine Zeichnung aus und befestigt sie mit Reißnägeln. – Wo sind Sie geboren?

Helena Andrejewna hilft ihm bei den Zeichnungen: In Petersburg.

Astrow: Und wo haben Sie Ihre Ausbildung erhalten?

Helena Andrejewna: Auf dem Konservatorium.

Astrow: Dann wird Sie das hier wenig interessieren.

Helena Andrejewna: Weshalb? Ich kenne allerdings die ländlichen Verhältnisse nicht ... aber ich habe doch viel darüber gelesen.

Astrow: Ich habe hier im Hause meinen eigenen Arbeitstisch ... im Zimmer von Iwan Petrowitsch. Wenn ich mal in meiner Sklavenarbeit ganz schlaff und stumpf geworden bin, dann lass' ich alles liegen und eile hierher, um mich ein, zwei Stunden mit dieser Spielerei da zu beschäftigen ... Iwan Petrowitsch und Sophia Alexandrowna klappern mit ihrer Rechenmaschine, und ich sitze neben ihnen an meinem Tisch und male ...und es ist mir so mollig, so friedlich zu Mute, und die Grille zirpt. Aber dieses Vergnügen kann ich mir nur selten leisten, höchstens einmal im Monat ... Zeigt auf der Karte. Nun sehen Sie mal, bitte, hier ... Das ist die Karte unseres Kreises, wie er vor fünfzig Jahren war. Das Dunkelgrün und Hellgrün bezeichnet die Wälder; die Hälfte des gesamten Areals ist hier noch mit Wald bedeckt. Wo auf dem Grünen die roten Netzlinien sind, wurden Hirsche und Rehe gehegt. Ich habe hier die Flora wie die Fauna angedeutet. auf dem See da gab es Schwäne, Enten, Gänse, Vogelwild aller Art in schwerer Menge, dass der Himmel davon schwarz war. Neben Dörfern und Weilern, sehen Sie, existierten da und dort Kolonien und Einzelhöfe, altgläubige Klöster und Wassermühlen ... Rinder und Pferde waren massenhaft vorhanden – das sehen Sie hier an der blauen Schraffierung. In diesem Bezirk zum Beispiel ist die blaue Farbe besonders stark aufgetragen; da gab es ganze Herden von Pferden, auf jeden Bauernhof kamen drei Pferde. – Pause. – Nun sehen Sie hier, weiter unten – die Zustände vor fünfundzwanzig Jahren. Da finden Sie nur noch ein Drittel des Flächenraumes bewaldet. Rehwild gibt es nicht mehr, wohl aber noch Rotwild. Die grüne und rote Farbe erscheint schon ziemlich blass. Und so weiter, und so weiter. Gehen wir nun hier zu der dritten Darstellung über: sie zeigt uns den Kreis, wie er jetzt ist. Die grüne Farbe erscheint nur hier und da, nirgends im Zusammenhang, sondern immer nur in einzelnen Flecken; das Rotwild, die wilden Schwäne, die Auerhähne, die wir früher hier hatten – alles ist verschwunden. Von den einstigen Kolonien, Höfen, Klöstern, Mühlen, ist nicht eine Spur mehr vorhanden. Mit einem Wort: das Bild einer stetig fortschreitenden, unverkennbaren Entartung, die allem Anschein nach in höchstens zehn bis fünfzehn Jahren eine vollständige sein wird. Sie werden mir einwerfen, dass es sich hier um Kultureinflüsse handelt, dass die alten Lebensformen naturgemäß den neuen weichen müssen. Gewiss, ich begreife, wenn anstelle dieser ausgerotteten Wälder Chausseen, gewerbliche Anlagen, Fabriken, Schulen getreten wären, wenn das Volk gesünder, reicher, gebildeter geworden wäre – aber nichts von alledem ist zu sehen! Wir haben in unserem Kreise dieselben Sümpfe, dieselbe Mückenplage, dieselben grundlosen Wege, Brände, Epidemien, Typhus, Diphtheritis, Not und Elend ... Wir haben es hier mit einer Entartung zu tun, die als natürliche Folge eines Mangels an Kraft im Kampf ums Dasein erscheint; einer Entartung, die in Trägheit, Unwissenheit und gänzlichem Mangel an Selbstbewusstsein wurzelt. Sie führt, den von Hunger, Frost und Krankheit geschwächten Menschen dahin, dass er, um den ihm noch verbliebenen Lebensrest zu fristen und seine Kinder vor dem Untergang zu bewahren, ganz instinktiv und unbewusst nach allem greift, womit er nur Hunger und Kälte abwehren kann, wobei er, ohne an das Morgen zu denken, alles schonungslos zerstört. Fast alles ist schon zerstört und noch nichts als Ersatz dafür neu geschaffen. Kühl. Doch ich sehe an Ihrem Gesicht, dass der Gegenstand Sie nicht interessiert.

Helena Andrejewna: Ich verstehe so wenig von den Dingen.

Astrow: Da gibt's nichts zu verstehen, es ist für Sie einfach uninteressant.

Helena Andrejewna: Wenn ich offen sein soll – ich war mit meinen Gedanken nicht bei der Sache. Verzeihen Sie, aber ich muss Sie einem kleinen Verhör unterwerfen, und ich bin in Verlegenheit, wie ich anfangen soll.

Astrow: Einem Verhör?

Helena Andrejewna: Ja, einem Verhör, doch … einem ziemlich unschuldigen. Lassen Sie uns Platz nehmen! – Sie setzen sich. – Die Sache betrifft eine junge Dame. Wir wollen ohne Umschweife reden, als ehrenhafte Leute, als Freunde. Wir wollen davon reden und es dann vergessen. Ja?

Astrow: Ja.

Helena Andrejewna: Es handelt sich um meine Stieftochter Sonja. Gefällt sie Ihnen?

Astrow: Ja … ich schätze sie hoch.

Helena Andrejewna: Gefällt Sie Ihnen als Weib?

Astrow zögernd: Nein.

Helena Andrejewna: Noch zwei, drei Worte, dann sind wir fertig. Haben Sie nichts bemerkt?

Astrow: Gar nichts.

Helena Andrejewna fasst seine Hand: Sie lieben Sie nicht, an Ihren Augen seh' ich's. Sie leidet schwer … Nehmen Sie Rücksicht darauf und … kommen Sie nicht mehr her!

Astrow erhebt sich: Meine Zeit ist vorüber … Und dann … ich habe doch niemals … – Zuckt mit den Achseln. – Wie hätt' ich überhaupt …

Helena Andrejewna: Pfui, was für ein unangenehmes Gespräch! Ich bin so in Wallung geraten, als hätt' ich eine Last von tausend Pud zu schleppen. Nun, Gott sei Dank, jetzt ist's erledigt. Wir wollen es vergessen, als ob wir nie davon gesprochen hätten, und ... Sie kommen von heute an nicht mehr her. Sie sind ein verständiger Mensch, Sie werden begreifen ... – Pause. – Ich bin sogar ganz rot geworden.

Astrow: Wenn Sie mir vor einem oder zwei Monaten davon gesprochen hätten, würde ich mir die Sache vielleicht noch überlegt haben, aber jetzt ... Zuckt die Achseln. Wenn sie darunter leidet, dann muss ich natürlich ... Nur eines begreife ich nicht: wozu bedurfte es eigentlich dieses Verhörs? Sieht ihr in die Augen und droht mit dem Finger. Sie sind ... schlau!

Helena Andrejewna: Was soll das heißen?

Astrow lacht: Wirklich schlau! Zugegeben, dass Sonja leidet, was ich schon glauben will – was wollten Sie dann mit diesem Verhör? – Lässt sie nicht zu Worte kommen, lebhaft. – Machen Sie, bitte, kein so erstauntes Gesicht, Sie wissen sehr gut, weshalb ich jetzt alle Tage hierher komme, liebe kleine Spitzbübin, sehen Sie mich nicht so an ... ich bin ein alter, erfahrener Fuchs ...

Helena Andrejewna verwirrt: Spitzbübin? Ich verstehe nicht ...

Astrow: Sie schöner, glatter, Iltis ... Sie brauchen Opfer! Einen ganzen Monat lauf' ich Ihnen schon nach, bin ganz versessen auf Sie – und das gefällt Ihnen, gefällt Ihnen ausnehmend gut ... na, also ... ich bin besiegt, das wussten Sie auch ohne Verhör. Kreuzt die Arme über der Brust und beugt seinen Kopf. Ich erkläre mich für überwunden, bitte, fressen Sie mich!

Helena Andrejewna: Sie haben den Verstand verloren!

Astrow lacht durch die Zähne: Sind Sie aber zimperlich!

Helena Andrejewna: O, ich bin besser und ehrenhafter, als Sie glauben! Das schwör' ich Ihnen! Will fortgehen.

Astrow vertritt ihr den Weg: Ich nehme heut' für immer von diesem Haus Abschied, aber ... er nimmt ihre Hand und sieht sich um ... wo werden wir uns wiedersehen? Sagen Sie rasch: wo? Man wird kommen ... sagen Sie doch: wo? ... – Leidenschaftlich. – Was für ein wunderbares, herrliches Weib! ... Einen einzigen Kuss ... Nur Ihr köstlich duftendes Haar lassen Sie mich küssen ...

Helena Andrejewna: Ich schwöre Ihnen ...

Astrow fällt ihr ins Wort: Wozu schwören? Das ist gar nicht nötig … lassen wir alle überflüssigen Worte … O, wie schön sind Sie! Diese Hände! Küsst ihre Hände.

Helena Andrejewna: Hören Sie endlich auf … gehen Sie … – Entzieht ihm ihre Hände. – Sie haben sich vergessen …

Astrow: So sagen Sie doch endlich, wo wir uns morgen treffen wollen. Fasst sie um die Taille. Du siehst, es ist unvermeidlich, wir müssen uns sehen. – Er küsst sie; in diesem Augenblick tritt Wojnizki mit dem Rosenbukett ein und bleibt in der Tür stehen. –

Helena Andrejewna sieht Wojnizki nicht: Verschonen Sie mich … Lassen Sie mich los … Sie legt ihren Kopf an Astrows Brust. Nicht doch! Sie will gehen.

Astrow hält ihre Taille umfasst: Komm morgen nach der Försterei … um zwei Uhr … Ja? Ja? Wirst du kommen?

Helena Andrejewna sieht Wojnizki: Lassen Sie mich gehen! – Geht in heftiger Bestürzung ans Fenster. – Das ist schrecklich!

Wojnizki legt die Blumen auf einen Stuhl, wischt sich erregt Gesicht und Nacken mit dem Taschentuch: Macht nichts … hm … Macht weiter nichts …

Astrow scherzt verlegen: Schönes Wetter heute, ja, mein sehr verehrter Iwan Petrowitsch! Heut' morgen sah es ganz nach Regen aus … und jetzt haben wir den schönsten Sonnenschein. Ein prächtiger Herbst, kann man sagen … Die Wintersaat steht großartig. – Rollt seine Zeichnung zusammen. – Schade nur, dass die Tage immer kürzer werden. – Ab. –

Helena Andrejewna tritt rasch an Wojnizki heran: Sorgen Sie dafür … machen Sie Ihren ganzen Einfluss geltend, dass ich noch heute mit meinem Gatten von hier abreisen kann. Hören Sie? Noch heute!

Wojnizki wischt sich das Gesicht ab: Wie? Na ja … schön … Ich hab' alles gesehen, alles …

Helena Andrejewna nervös: Hören Sie? Ich muss noch heute von hier fort!
– Serebrjakow, Sonja, Teljegin und Marina treten ein. –

Teljegin: Ich bin selber nicht ganz auf dem Posten, Exzellenz. Schon seit zwei Tagen bin ich unpässlich. Ein sonderbarer Schmerz im Kopf …

Serebrjakow: Wo sind die andern? Ich liebe dieses Haus nicht … es ist wie ein Labyrinth. Sechsundzwanzig große Zimmer – da verlieren sich die Menschen, nie kann man jemanden finden – Es klingelt. – Ruft doch mal Maria Wassiljewna und Helena Andrejewna her!

Helena Andrejewna: Ich bin da.

Serebrjakow: Bitte die Herrschaften, Platz zu nehmen!

Sonja tritt auf Helena zu, ungeduldig: Was hat er gesagt?

Helena Andrejewna: Später!

Sonja: Du zitterst! Du bist so erregt ... Sieht ihr forschend ins Gesicht. Ich verstehe. Er hat gesagt, dass er nicht mehr zu uns kommen wird ... ja? Pause. Sag's mir: ja? – Helena Andrejewna nickt bejahend mit dem Kopfe. –

Serebrjakow zu Teljegin: Mit meiner Krankheit werde ich allenfalls noch aussöhnen, was ich aber nicht vertragen kann, das ist dieser ganze Zuschnitt des Landlebens. Ich habe immer das Gefühl, als sei ich von der Erde auf irgendeinen fremden Planeten gestürzt. Nehmen Sie gefälligst Platz, meine Herrschaften! Sonja! – Sonja hört ihn nicht; sie steht, den Kopf traurig auf die Brust gesenkt, da. – Sonja! – Pause. Sie hört nicht. Zu Marina. – Auch du, liebe Amme, nimm Platz. – Marina setzt sich und strickt an ihrem Strickstrumpf weiter. – Ich bitte recht sehr, meine Herrschaften, schenken Sie dem Gegenstand der Debatte eine recht lebhafte Aufmerksamkeit! – Er lacht. –

Wojnizki immer noch erregt: Ich bin vielleicht hier nicht nötig? Ich kann wohl gehen?

Serebrjakow: Nein, mein Lieber ... du bist hier nötiger als alle andern!

Wojnizki: Was wünschen Sie denn von mir?

Serebrjakow: »Sie«? Was bist du wieder so ärgerlich? – Pause. – Wenn ich dir Anlass dazu gegeben habe, dann entschuldige nur, bitte.

Wojnizki: Lass doch diesen Ton ... gehen wir gleich auf den Kern der Sache ein. Um was handelt es sich? – Maria Wassiljewna tritt ein. –

Serebrjakow: Da ist ja auch maman. Ich beginne also, meine Herrschaften. – Pause. – Ich habe Sie versammelt, um Ihre Hilfe und Ihren Rat zu erbitten, und da ich Ihre stets bewährte Liebenswürdigkeit wohl kenne, so hoffe ich, beides zu erhalten. Ich bin ein Gelehrter, ein Büchermensch, und war dem praktischen Leben stets fremd. Nie habe ich der Fingerzeige sachverständiger Leute entraten können, und so wende ich mich auch diesmal vertrauensvoll an dich, lieber Iwan Petrowitsch, an Sie, mein

102

werter Ilja Iljitsch, an Sie, maman, und an all die andern. Die Sache ist die, dass uns alle das gleiche Schicksal erwartet – alle stehen wir in Gottes Hand. Ich bin alt und krank, und so halte ich es denn für geboten, meine Vermögensverhältnisse zu regulieren, soweit dabei meine Familie in Betracht kommt. Mein Leben neigt sich dem Ende zu, an mich denke ich dabei nicht, aber ich habe eine junge Frau und eine unverheiratete Tochter. – Pause. – Hier auf dem Lande kann ich nicht länger leben. Wir sind fürs Dorfleben nicht geschaffen. In der Stadt aber können wir von dem Ertrag dieses Gutes nicht existieren. Wenn wir, nehmen wir mal an, den Wald verkaufen, so ist das eine außerordentliche Maßnahme, die wir leider nicht in jedem Jahre wiederholen können. Wir müssen also auf solche Maßnahmen bedacht sein, die uns eine regelmäßige, mehr oder weniger sichere Einnahme garantieren. Ich habe mir nun eine solche Maßnahme ausgedacht und habe die Ehre, sie Ihrer Begutachtung zu unterbreiten. Ich übergehe die Details und werde mich nur an die Hauptpunkte halten. Unser Gut wirft durchschnittlich nicht mehr als zwei Prozent ab. Ich mache den Vorschlag, es zu verkaufen. Wenn wir die Summe, die wir dafür erhalten, in zinstragenden Papieren anlegen, werden wir vier bis fünf Prozent bekommen können; ja, ich glaube, es wird sich sogar ein Überschuss von ein paar Tausend Rubeln ergeben, der es uns ermöglicht, einen kleinen Sommersitz in Finnland zu kaufen.

Wojnizki: Halt mal … Ich glaube, ich habe mich verhört. Wiederhole doch noch mal, was du gesagt hast!

Serebrjakow: Das Geld soll in zinstragenden Papieren angelegt und der Überschuss zum Ankauf eines Sommersitzes in Finnland verwandt werden …

Wojnizki: Das mein' ich nicht … Du hast noch etwas anderes gesagt …

Serebrjakow: Ich schlage vor, das Gut hier zu verkaufen.

Wojnizki: Ganz recht, das mein' ich. Du willst also das Gut verkaufen … ausgezeichnet, eine phänomenale Idee. Und wo soll ich dann auf dein Geheiß mich verkriechen … ich und meine alte Mutter, und deine Tochter Sonja?

Serebrjakow: Das werden wir alles in Erwägung ziehen, wenn's Zeit ist. Es geht nicht alles auf einmal.

Wojnizki: Halt, alter Freund. Es scheint, dass ich bisher auch nicht ein Fünkchen gesunden Menschenverstand besessen habe. Bisher war ich nämlich so töricht, zu glauben, dass dieses Gut Sonjas Eigentum ist. Mein verstorbener Vater hat es als Mitgift für meine Schwester gekauft. Ich war bisher so naiv, unsere Gesetze nicht auf türkische Manier auszulegen, und glaubte, das Gut sei von der Schwester auf Sonja vererbt.

Serebrjakow: Allerdings, das Gut gehört Sonja. Wer bestreitet das? Ohne Sonjas Einwilligung würde ich mich nicht entschließen, es zu verkaufen. Ich habe diese ganze Transaktion auch nur im Interesse Sonjas geplant.

Wojnizki: Das ist mir unfassbar, unfassbar! Entweder bin ich verrückt geworden oder ... oder ...

Maria Wassiljewna: Jean, widersprich Alexander nicht! Glaub mir's, er weiß besser als wir alle, was recht oder nicht recht ist!

Wojnizki: Nein, nein ... gebt mir einen Schluck Wasser! – Er trinkt Wasser. – Sagt, was ihr wollt, was ihr wollt!

Serebrjakow: Ich begreife nicht, warum du dich so aufregst! Ich behaupte ja nicht, dass mein Projekt ein ideales ist. Wenn es von Ihnen allen missbilligt wird, meine Herrschaften, dann will ich nicht darauf bestehen. – Pause. –

Teljegin: Ich für meinen Teil hege vor der Wissenschaft nicht nur die größte Hochachtung, Exzellenz, sondern habe auch gewisse verwandtschaftliche Beziehungen zu ihr. Der Schwager meines Bruders Grigori nämlich, Konstantin Trofimowitsch Lakedaimonow, war, mit Verlaub zu sagen, Magister ...

Wojnizki: Schwatze nicht, Waffelkuchen ... wir reden hier von geschäftlichen Angelegenheiten ... Später kannst du erzählen ... – Zu Serebrjakow, auf Teljegin deutend. – Frag' ihn doch mal, das Gut ist ja von seinem Onkel gekauft.

Serebrjakow: Ach, was ist da zu fragen? Wozu?

Wojnizki: Dieses Gut wurde für fünfundneunzigtausend Rubel – nach damaligem Geld – gekauft. Mein Vater bezahlte nur siebzigtausend, es blieb eine Schuld von fünfundzwanzigtausend Rubeln. Nun bitt' ich mal zuzuhören ... Das Gut hätte nicht gekauft werden können, wenn ich nicht zugunsten meiner Schwester, die ich innig liebte, auf meinen Anteil an der Erbschaft verzichtet hätte. Ja, nicht genug daran ... ich habe zehn Jahre lang gearbeitet wie ein Pferd und habe die ganze Schuld abgetragen ...

Serebrjakow: Ich bedaure, dass ich diese Auseinandersetzung veranlasst habe.

Wojnizki: Nur infolge meiner persönlichen Bemühungen ist das Gut nun schuldenfrei und in gutem Stand. Und jetzt, wo ich alt geworden bin, will man mich hier mit Fußtritten zum Tempel hinausjagen!

Serebrjakow: Ich weiß gar nicht, worauf du eigentlich abzielst!

Wojnizki: Fünfundzwanzig Jahre lang hab' ich dieses Gut verwaltet , habe gearbeitet, hab' dir dein Geld auf Heller und Pfennig geschickt, wie der gewissenhafteste Verwalter … und während dieser ganzen Zeit hast du mir nicht ein einziges Mal »Danke schön!« gesagt. Die ganze Zeit über, bis auf den heutigen Tag, hab' ich von dir ein Gehalt von fünfhundert Rubeln jährlich bezogen, ein wahres Lumpengeld! – und nicht ein einziges Mal kamst du auf den Gedanken, mir auch nur einen Rubel zuzulegen.

Serebrjakow: Aber, mein lieber Iwan Petrowitsch, wie konnt' ich denn das alles ahnen! Ich bin ein unpraktischer Mensch und verstehe nichts von diesen Dingen. Du hättest dir doch selbst so viel zulegen können, wie du wolltest!

Wojnizki: Gewiss, warum hab' ich nicht gestohlen? Verachten solltet ihr mich alle deshalb, weil ich nicht gestohlen habe! Das wäre das einzig Richtige gewesen, dann stände ich jetzt nicht als Bettler da!

Maria Wassiljewna streng: Jean!

Teljegin heftig bewegt: Wanja, mein lieber, guter Freund … nicht doch, nicht doch … Ich zittre am ganzen Leibe … Warum das gute Einvernehmen zerstören? – Küsst ihn. – Lass gut sein!

Wojnizki: Fünfundzwanzig Jahre lang hab' ich mit meiner Mutter zusammen wie ein Maulwurf in diesen vier Wänden gesessen … Alle unsere Gedanken und Gefühle gehörten dir allein. Am Tage sprachen wir von dir und deinen Arbeiten, wir waren stolz auf dich, nannten deinen Namen mit Andacht; die Nächte schlugen wir damit tot, dass wir Journale und Bücher lasen, in denen von dir die Rede war …

Teljegin: So lass doch gut sein, Wanja, lass doch gut sein … Ich kann's nicht hören …

Serebrjakow aufgebracht: Ich begreif' gar nicht, was du willst …

Wojnizki: Du warst für uns ein Wesen höherer Art, wir konnten deine Aufsätze auswendig hersagen … Jetzt aber sind mir die Augen aufgegangen! Ich bin sehend geworden! Du schreibst über Kunst – und hast keine Ahnung von der Kunst! Alle deine Arbeiten, die ich früher so schätzte, sind nicht einen kupfernen Groschen wert! Du hast uns Sand in die Augen gestreut!

Serebrjakow: Herrschaften! Stopfen Sie ihm endlich den Mund … sonst geh' ich! – Will gehen. –

Helena Andrejewna: Iwan Petrowitsch, ich verlange, dass Sie schweigen! Hören Sie?

Wojnizki: Ich werde nicht schweigen! – Vertritt Serebrjakow den Weg. – Wart', mein Lieber, ich bin noch nicht fertig! Du hast mein Leben zugrunde gerichtet! Ich habe nicht gelebt, nicht gelebt! Dir danke ich's, dass ich die besten Jahre meines Lebens zerstört und verloren habe! Du bist mein schlimmster Feind!

Teljegin: Ich kann nicht ... ich kann nicht ... Ich geh' ... – Ab in heftiger Erregung. –

Serebrjakow: Was willst du von mir? Wer gibt dir das Recht, mit mir in solchem Tone zu reden? Das ist ja abscheulich! Wenn das Gut dir gehört, dann nimm's doch, ich bedarf seiner nicht!

Helena Andrejewna: Ich will diese Hölle sofort, noch in dieser Minute verlassen! – Schreit. – Ich kann's nicht länger ertragen!

Wojnizki: Ein verlorenes Leben! Ich besaß Talent, ich war klug, unternehmend. Unter normalen Verhältnissen wär' ich vielleicht ein Schopenhauer, ein Dostojewski geworden ... So bin ich versimpelt, ganz und gar! Mütterchen, ich bin ganz verzweifelt, ich verlier' den Verstand! Mütterchen!

Maria Wassiljewna: Hör auf Alexander!

Sonja kniet vor Marina hin und schmiegt sich an sie an: Altchen! Altchen!

Wojnizki: Mütterchen! Was soll ich tun? Nein lasst, lasst ... sprecht nicht! Ich weiß selber, was ich zu tun habe! – Zu Serebrjakow. – Du sollst an mich denken! – Ab durch die Mitte. Maria Wassiljewna folgt ihm. –

Serebrjakow: Herrschaften, was soll das alles bedeuten?! Retten Sie mich vor diesem Verrückten! Ich kann nicht mit ihm unter einem Dache leben! Der Mensch wohnt hier fast Wand an Wand neben mir! ... Mag er ins Dorf übersiedeln, oder in den Seitenflügel, meinetwegen will ich mich auch ausquartieren, aber in einem Hause kann ich mit ihm nicht länger bleiben ...

Helena Andrejewna: Wir reisen noch heut' von hier ab. Wir wollen sofort unsere Sachen packen!

Serebrjakow: Ein ganz abscheulicher Mensch! – Sonja kniet immer noch; nervös, mit Tränen im Auge, zu ihrem Vater. – Man muss Mitleid haben, Papa! Wir sind beide so unglücklich, ich und Onkel Wanja. Hält ihre Bewegung gewaltsam zurück. Man muss Mitleid haben! Denk' doch an frühere Tage zurück ... wie oft haben Onkel Wanja und die Großmutter ganze Nächte hindurch für dich Bücher übersetzt und deine Manuskripte abgeschrieben ... ganze, ganze Nächte lang! Und wir beide, ich und Onkel Wanja, wir haben gearbeitet, ohne uns Ruhe zu gönnen, wir haben uns gefürchtet, auch nur eine Kopeke für unsere Person auszugeben, alles haben wir dir geschickt … Wir haben unser Brot nicht umsonst gegessen! Ich würde nie davon gesprochen haben, nie – aber du musst gegen uns gerecht sein, Papa. Du musst uns begreifen und – Mitleid haben …

Helena Andrejewna bewegt: Alexander, um Gottes Willen, sprich dich mit ihm aus! … Ich bitte dich darum!

Serebrjakow: Schön, ich will mich mit ihm aussprechen … Ich werfe ihm durchaus nichts vor, ich bin nicht böse auf ihn … aber ihr müsst zugeben, dass sein Betragen zum mindesten recht sonderbar war. Lasst mal, ich will zu ihm gehen … – Ab durch die Mitte. –

Helena Andrejewna: Sei so mild wie möglich gegen ihn, beruhige ihn … – Ab hinter ihm. –

Sonja lehnt sich an Marina an: Altchen, liebes Altchen.

Marina: Lass gut sein, Kindchen! Die Gänseriche werden ein Weilchen schnattern, und dann wieder aufhören … Werden schnattern und aufhören …

Sonja: Altchen!

Marina streichelt Sonjas Kopf: Du zitterst ja wie im Fieber! nun, nun … Gott ist gnädig. meine kleine Waise. Etwas Lindenblütentee oder Himbeersaft … und es wird vorübergehen … Gräm' dich nicht, Schätzchen … – Ärgerlich nach der Mitteltür hin. – Wie sie wütend geworden sind, die Gänseriche … dass ihr den Pips kriegt … – Ein Schuss hinter der Szene; man hört Helena Andrejewna aufschreien; Sonja fährt zusammen. –

Marina: Hört doch nur … dass euch …!

– Serebrjakow stürzt, wankend vor Schrecken, auf die Bühne; hinter ihm in der Türe Helena Andrejewna und Wojnizki, miteinander ringend. –

Serebrjakow: Haltet ihn fest! Haltet ihn! Er ist verrückt geworden!

Helena Andrejewna in der Tür, sucht Wojnizki einen Revolver zu entreißen: Her damit! Geben Sie her, sag' ich Ihnen!

Wojnizki: Lassen Sie los, Helena! Lassen Sie mich los! Macht sich von ihr los und sucht Serebrjakow mit den Augen. Wo steckt der Kerl? Ha, da ist er! – Schießt auf Serebrjakow. – Bauz! – Pause. – Nicht getroffen? Wieder daneben?! Zornig. Das soll der T … T … Teufel holen! – Schleudert den Revolver auf den Boden und sinkt kraftlos in einen Stuhl. Serebrjakow ist wie betäubt; Helena Andrejewna lehnt sich an die Wand, ihr ist übel. –

Helena Andrejewna: Bringt mich fort von hier, oder … schlagt mich tot … nur hier bleiben kann ich … kann ich nicht länger!

Wojnizki verzweifelt: O, was hab' ich getan, was hab' ich getan!

Sonja leise: Altchen! Altchen! – Vorhang. –

Vierter Aufzug

Zimmer von Iwan Petrowitsch, zugleich Schlafzimmer und Gutskontor. Am Fenster ein großer Tisch mit Geschäftsbüchern und Papieren aller Art, ferner ein Spind, ein Regal, Gewichte. Ein kleiner Tisch für Astrow, darauf Zeichenutensilien, Farben usw., daneben lehnt eine Mappe. Ein Käfig mit einem Star. An der Wand eine Karte von Afrika, die offenbar hier ganz zufällig hängt. Ein großer, mit Wachstuch überzogener Diwan. Links eine Tür, die nach den übrigen Zimmern führt; rechts eine Tür nach dem Hausflur; neben der Tür rechts eine grobe Decke, damit die Bauern den Fußboden nicht verunreinigen. – Herbstabend. – Stille. Teljegin. und Marina. sitzen einander gegenüber und wickeln Wolle auf.

Teljegin: Schneller, schneller. Marina Timofejewna ... man wird uns gleich zum Abschiednehmen rufen. Es ist schon befohlen, die Pferde anzuspannen.

Marina beeilt sich beim Aufwickeln: 's ist nicht mehr viel übrig.

Teljegin: Nach Charkow fahren sie – dort wollen sie leben.

Marina: 's ist besser so.

Teljegin: Haben die einen Schreck bekommem! Helena meinte ... nachahmend: »Nicht eine Stunde länger bleib' ich hier ... nur fort, fort ... Wir wollen nach Charkow fahren, uns da umsehen und dann unsere Sachen abholen lassen.« Ganz ohne Gepäck fahren sie – es sollte wohl nicht sein ... Marina Timofejewna, dass sie hier bei uns bleiben ... Es sollte nicht sein ...

Marina: 's ist besser so. 's war 'ne Schande, das Gezänk vorhin, und das Schießen.

Teljegin: Das war eine Szene, des Pinsels Aiwasowskis würdig.

Marina: So was musst' ich noch erleben! – Pause. – Jetzt werden wir wieder leben wie früher. Morgens um acht der Tee, um ein Uhr das Mittagessen, und abends werden wir eben zum Abend essen; alles, wie sich's gehört, wie's menschliche Sitte ist ... auf Christenart. – Seufzt. – Wie lange ist's her, dass ich arme Sünderin keine Nudeln gegessen hab'!

Teljegin: Ach, ja – Nudeln haben wir schon lange nicht gehabt. – Pause. – Schon Gott weiß wie lange ... Denk' dir mal, Marina Timofejewna ... heute früh ging ich durchs Dorf, da rief der Krämer hinter mir her: »Heda, du, Gnadenbrotesser!« Das war mir eine bittere Pille, kann ich dir sagen!

Marina: Mach' dir nichts draus, Väterchen! Wir sind alle Gnadenbrotesser beim lieben Gott. Weder du, noch Sonja, noch Iwan Petrowitsch – keiner sitzt da, ohne was zu tun, alle arbeiten wir! Alle! … Wo ist Sonja?

Teljegin: Im Garten. Sie sucht Iwan Petrowitsch, mit dem Doktor zusammen. Sie fürchten, dass er sich was antun könnte.

Marina: Und wo ist denn seine Pistole?

Teljegin flüstert: Ich hab' sie im Keller versteckt!

Marina lächelnd: Das war recht. O, die Sünde! – Wojnizki und Astrow kommen vom Hof. –

Wojnizki: Lass mich! – Zu Marina und Teljegin. – Geht hier fort, lasst mich wenigstens eine Stunde lang allein! Ich kann die Bevormundung nicht leiden.

Teljegin: Ich geh' schon, Wanja! Schleicht auf den Zehenspitzen hinaus.

Marina: Alter Gänserich … ho ho ho! – Nimmt die Wolle auf und geht. –

Wojnizki zu Astrow: Lass mich allein.

Astrow: Mit dem größten Vergnügen. Ich hätte ohnedies längst wegfahren sollen, aber ich wiederhole nochmals: ich fahr' nicht eher, als bis ich das Ding habe, das du mir weggenommen hast.

Wojnizki: Ich habe dir nichts weggenommen.

Astrow: Im Ernst gesprochen – halt mich nicht auf! Ich bin längst auf dem Sprunge, zu fahren.

Wojnizki: Wirklich, ich habe dir nichts genommen. Beide setzen sich.

Astrow: So … nun, ich werde noch ein Weilchen warten … und dann werden wir eben, mit deiner werten Erlaubnis oder auch ohne diese, Gewalt anwenden. Wir werden dich binden und dir die Taschen revidieren. Ich sage das in allem Ernst.

Wojnizki: Ganz, wie dir beliebt. Pause. Sich so dumm anzustellen – zweimal zu schießen und nicht ein einziges Mal zu treffen! Das werde ich mir nie verzeihen!

Astrow: Wenn du schon so schießlustig warst, dann hättest du dir selber 'ne Kugel vor den Kopf schießen sollen.

Wojnizki achselzuckend: Das ist doch merkwürdig! ich habe einen Mordversuch begangen, und man arretiert mich nicht, man macht mir nicht den Prozess! Man hält mich also für verrückt. – Lacht hämisch. – Ich bin verrückt, nicht verrückt aber sind jene Leute, die in der Verkleidung eines Professors, eines gelehrten Magiers, ihre Talentlosigkeit, ihren Stumpfsinn, ihre himmelschreiende Herzlosigkeit verbergen. Nicht verrückt sind diejenigen, die einen alten Mann heiraten und ihn dann offen vor aller Welt betrügen. Ich hab's ja gesehen, ganz genau gesehen, wie du sie umarmt hast!

Astrow: Allerdings hab' ich sie umarmt, und du ... – dreht ihm eine Nase – ... hast das Nachsehen.

Wojnizki: Ich weiß jetzt, wer verrückt ist: die Erde, die solche Menschen, wie ihr seid, noch trägt – die ist verrückt.

Astrow: Jetzt redest du Unsinn.

Wojnizki: Ich bin verrückt, bin unzurechnungsfähig – also hab' ich ein Recht darauf, Unsinn zu reden.

Astrow: Das ist ein alter Witz. Du bist nicht verrückt, sondern einfach ein komischer alter Kauz. Ein Hansnarr sozusagen. Früher hielt auch ich jeden Sonderling gleich für krank, für nicht normal, und jetzt bin ich der Meinung, dass der normale Zustand des Menschen eben darin besteht, ein Sonderling zu sein. Du bist durchaus normal.

Wojnizki bedeckt sein Gesicht mit den Händen: Ich schäme mich. O, wenn du wüsstest, wie ich mich schäme! Dieses scharfe, stechende Gefühl der Scham ist mit keinem andern Gefühl zu vergleichen. – Schwermütig. – Es ist unerträglich! – Beugt sich über den Tisch. – Was soll ich tun? Was soll ich tun?

Astrow: Nichts sollst du tun.

Wojnizki: Zeig' mir einen Ausweg! O, mein Gott ... ich bin siebenundvierzig Jahre alt; wenn ich, sagen wir, bis zum sechzigsten Jahre lebe, dann bleiben mir noch dreizehn Jahre. Das ist eine endlos lange Zeit! Wie werde ich diese dreizehn Jahre zubringen? Was werde ich tun, wie diese langen Jahre ausfüllen? O, wenn's doch möglich wäre, verstehst du ... – er drückt krampfhaft Astrows Arm – ... diesen Lebensrest irgendwie auf eine neue Art zu verbringen! Eines schönen, stillen Morgens aufzuwachen und zu fühlen, dass ein neues Leben begonnen hat, dass alles Vergangene vergessen, wie Rauch verflogen ist! – Er weint. – Ein neues Leben zu beginnen ... o sag' mir, wie ich's, womit ich's beginnen soll ...

Astrow unwillig: Ach was, dummes Zeig! Was heißt da noch neues Leben! Wir beide, ich und du, können ruhig abtanzen, für uns gibt's nichts mehr zu hoffen ...

Wojnizki: Meinst du?

Astrow: Ich bin fest davon überzeugt.

Wojnizki: Gib mir irgendwas ... Zeigt nach dem Herzen. Es sticht mich hier so ...

Astrow ärgerlich: Hör' endlich auf, Mensch! – In sanfterem Ton. – Die Leute, die hundert, zweihundert Jahre nach uns leben und uns auslachen werden, weil wir unser Leben auf eine so dumme und abgeschmackte Art totgeschlagen haben – die werden vielleicht ein Universalmittel erfinden, wie man glücklich werden kann; aber wir ... wir beide, ich und du, haben nur die eine Hoffnung, dass, wenn wir in unsern Gräbern liegen, Visionen uns heimsuchen werden ... möglicherweise sogar angenehme Visionen! – Seufzt. – Ja, Bruder! Im ganzen Kreis gab es nur zwei anständige und intelligente Leute: ich und du. Aber in kaum zehn Jahren hat dieses verruchte Spießerleben uns ganz auf den Hund gebracht; es hat mit seinen fauligen Ausdünstungen unser Blut vergiftet, und wir sind ebensolchen faden Kerle geworden wie alle andern. – Lebhaft. – Aber nun halt' mich nicht länger hin, gib heraus, was du mir weggenommen hast!

Wojnizki: Ich habe dir nichts weggenommen!

Astrow: Du hast aus meiner Reiseapotheke ein Büchschen mit Morphium weggenommen. – Pause. – Hör' mal, wenn du durchaus um jeden Preis aus diesem Dasein scheiden willst, dann geh' in den Wald und schieß dich dort tot. Das Morphium aber gib her, sonst entsteht allerhand Gemunkel und Gerede, und die Leute glauben am Ende, ich hätte dir das Zeug gegeben ... Ich hab schon genug daran, dass ich dich sezieren muss ... Meinst du, das wäre interessant? – Sonja kommt herein. –

Wojnizki: Lass mich!

Astrow zu Sonja: Sonja Alexandrowna, Ihr Onkel hat aus meiner Reiseapotheke ein Büchschen mit Morphium entwendet und gibt es nicht zurück. Erklären Sie ihm doch bitte, dass das ... na, sagen wir, nicht verständig ist. Und dann hab' ich auch keine Zeit, ich muss fahren.

Sonja: Onkel Wanja, hast du das Morphium genommen?

Astrow: Er hat es genommen. Ich weiß es ganz genau.

Sonja: Gib es zurück, Onkel. Warum jagst du uns solche Angst ein? – Zärtlich. – Gib's heraus, Onkel Wanja! Ich bin vielleicht noch unglücklicher als du und gebe mich doch nicht der Verzweiflung hin. Ich dulde und werde dulden, bis mein Leben von selbst erlischt … Auch du, Onkel, such' dein Schicksal zu tragen. – Pause. – Gib's heraus! – Küsst ihm die Hände. – Guter, lieber, herziger Onkel, gib's her! – Sie weint. – Du bist so gut, du wirst mit uns Mitleid haben und es zurückgeben. Lerne dulden, Onkel! Lerne dulden!

Wojnizki holt aus der Tischschublade die Morphiumbüchse und gibt sie Astrow: Da, nimm's! Zu Sonja. Aber wir müssen nur rasch an die Arbeit, rasch etwas tun, sonst halt' ich's nicht aus …

Sonja: Ja, ja, arbeiten! Sobald wir nur unsern Lieben das Geleit gegeben haben, setzen wir uns an die Arbeit … Blättert nervös unter den Papieren auf dem Tisch. Alles ist vernachlässigt, alles in Unordnung geraten …

Astrow legt die Büchse in seine Apotheke und schnallt die Riemen zu: So … jetzt können wir uns auf den Weg machen.

Helena Andrejewna hereinkommend: Wie, Sie sind hier, Iwan Petrowitsch? Wir fahren gleich. Gehen Sie zu Alexander, er will Ihnen etwas sagen.

Sonja: Komm, Onkel Wanja! – Fasst Wojnizki unter den Arm. – Wir wollen zu Papa gehen. Ihr müsst euch beide wieder versöhnen – es ist unbedingt nötig. – Sonja und Wojnizki ab. –

Helena Andrejewna: Ich reise ab. – Reicht Astrow die Hand. – Leben Sie wohl!

Astrow: Schon?

Helena Andrejewna: Der Wagen hält bereits vor der Tür.

Astrow: Leben Sie wohl!

Helena Andrejewna: Sie haben mir heute versprochen, dass Sie dieses Haus in Zukunft meiden werden.

Astrow: Ich hab's nicht vergessen … ich fahre gleich. – Pause. – Sie haben wohl Angst bekommen? – Fasst ihre Hand. – Ist's denn so schlimm?

Helena Andrejewna: Ja.

Astrow: Bleiben Sie doch … wie? Morgen in der Försterei …

Helena Andrejewna: Nein ... Die Sache ist bereits entschieden ... Und weil eben die Abreise entschieden ist, darum trete ich Ihnen so tapfer entgegen ... Nur um eins bitte ich Sie: Denken Sie besser von mir! Ich möchte, dass Sie mich achten.

Astrow: Ach ... Macht eine ungeduldige Bewegung. Bleiben Sie, bitte. Sie haben doch sonst nichts zu tun auf dieser Welt, haben kein Lebensziel, keine Aufgabe, die Sie in Anspruch nähme, und werden früher oder später doch von Ihren Gefühlen hingerissen werden. Das ist unausbleiblich. Warum soll das nun gerade in Charkow oder Kursk geschehen, warum nicht hier, im Schoß der Natur? Es ist so poetisch hier, selbst der Herbst ist so schön ... Wir haben die Försterei hier, verfallene Meiereien im Geschmack Turgenjews ...

Helena Andrejewna: Wie komisch Sie doch sind! Ich bin böse auf Sie, und dennoch ... werde ich mit Vergnügen an Sie zurückdenken. Sie sind ein interessanter, origineller Mensch. Ich werde Sie ja nie mehr wiedersehen, warum soll ich's dann verbergen? Ich habe mich in Sie ein klein wenig verguckt ... nun, reichen wir uns die Hände und scheiden wir als Freunde ... Behalten Sie mich in gutem Andenken.

Astrow hat ihr die Hand geschüttelt: Gut, so reisen Sie denn ... – Nachdenklich. – Ein merkwürdiges Geschöpf sind Sie doch: auf der einen Seite sind Sie gutherzig und nicht ohne Seele, auf der andern ist etwas so Absonderliches in Ihrem Wesen. Da sind Sie nun mit Ihrem Gatten hierher gekommen – und all die arbeitsamen, emsigen Leute, die hier ihrem Tagwerk nachgingen, hatten nichts Eiligeres zu tun, als ihre Arbeit hinzuwerfen und sich nur noch für das Podagra Ihres Gatten und für Sie zu interessieren. Sie beide – er wie Sie – haben uns mit Ihrer Müßiggängerei angesteckt. Ich habe mich hinreißen lassen, habe einen ganzen Monat hindurch nichts getan – und inzwischen gingen meine Patienten an ihren Krankheiten drauf, und in meinen Pflanzungen weideten die Bauern ihr Vieh ... Wo Sie beide auch hintreten mögen – überall pflanzen Sie den Keim der Zerstörung ... Ich sage das natürlich nur im Scherz, aber es bleibt doch immer ... sonderbar, und ich bin überzeugt, dass, wenn Sie länger dablieben, Sie hier noch eine große Verwüstung anrichten würden. Ich würde zugrunde gehen, doch auch Sie würden am Ende ... nicht gut dabei fahren. Nun, reisen Sie also. *Finita la comedia!*

Helena Andrejewna nimmt von seinem Tisch einen Bleistift und versteckt ihn rasch: Diesen Bleistift nehme ich mir zum Andenken mit.

Astrow: Wie seltsam! ... Da sind wir miteinander so gut bekannt geworden, und nun sollen wir uns auf einmal nie wieder sehen! ... So geht's auf der Welt ... Dieser Onkel Wanja mit seinem Bukett ... Doch jetzt, zum Abschied ... erlauben Sie mir wohl ... einen Kuss, ja? – Er küsst sie auf die Wange. – Na, also ... so ist's recht!

Helena Andrejewna: Ich wünsche Ihnen alles Gute. Sieht sich um. Komme, was da wolle, einmal im Leben! Umarmt ihn leidenschaftlich, dann reißen sich beide rasch

114

voneinander los. Jetzt muss ich fort.

Astrow: Reisen Sie, so rasch wie möglich. Steigen Sie in de Wagen – und heidi!

Helena Andrejewna: Es scheint, sie kommen hierher. – Beide horchen. –

Astrow: *Finita.* – Serebrjakow, Wojnizki, Maria Wassiljewna mit einer Broschüre, Teljegin und Sonja treten ein. –

Serebrjakow zu Wojnizki: Also: Wer noch einmal davon redet, der soll verwünscht sein. Ich hab' in diesen wenigen Stunden so viel erlebt und durchdacht, dass ich zu Nutz und Frommen der kommenden Geschlechter einen ganzen Traktat darüber schreiben könnte, wie man leben soll. Ich nehme deine Entschuldigungen gern entgegen und bitte dich meinerseits um Entschuldigung. Verzeih! – Sie küssen sich dreimal. –

Wojnizki: Du wirst dein Geld immer pünktlich bekommen, wie bisher. Alles soll beim Alten bleiben. – Helena Andrejewna umarmt Sonja. –

Serebrjakow küsst Maria Wassiljewna die Hand: Maman!

Maria Wassiljewna küsst ihn: Alexander … lassen Sie sich doch bitte wieder fotografieren und schicken Sie mir Ihr Bild! Sie wissen, wie teuer Sie mir sind.

Teljegin: Leben Sie wohl, Exzellenz! Behalten Sie uns in gutem Angedenken!

Serebrjakow küsst seine Tochter: Adieu … Lebt alle wohl! Reicht Astrow die Hand. Ich danke Ihnen für Ihre liebenswürdige Gesellschaft … Ich achte Ihre Denkweise, Ihre Tendenzen und Ansichten, aber erlauben Sie einem alten Manne jetzt, beim Abschiednehmen, ein freies Wort: man muss handeln, Herrschaften, man muss handeln! Auf die Taten kommt es an, nicht auf die Worte! – Allgemeines Sichverneigen. – Ich wünsch' Ihnen alles Gute! – Ab; hinter ihm Maria Wassiljewna und Sonja. –

Wojnizki küsst Helena Andrejewna lange die Hand: Leben Sie wohl … verzeihen Sie … Wir werden uns nie mehr sehen …

Helena Andrejewna ganz aufgelöst: Leben Sie wohl, mein Lieber! – Küsst seinen Kopf und geht ab. –

Astrow zu Teljegin: Sag' doch draußen, Waffelkuchen, dass ich auch gleich meinen Wagen haben möchte.

Teljegin: Sofort, mein lieber Freund. – Ab. –

Astrow nimmt seine Zeichenutensilien vom Tisch und legt sie in den Reisekoffer: Warum gibst du ihnen denn nicht das Geleit?

Wojnizki: Lass sie nur fahren, ich … ich kann nicht. Es ist mir so schwer ums Herz. Jetzt heißt es, so rasch wie möglich etwas vornehmen … arbeiten, arbeiten! Wühlt in den Papieren auf dem Tische. – Pause. Man hört Schellengeläut. –

Astrow: Sie sind fort. Der Professor ist jedenfalls sehr froh darüber. Den bringen, glaub' ich, zehn Pferde nicht wieder her.

Marina tritt ein: Sie sind fort. – Nimmt in einem Sessel Platz und strickt. –

Sonja tritt ein: Sie sind fort. – Trocknet sich die Augen. – Gott gebe es, dass es zum Guten ausschlägt! – Zum Onkel. – Nun wollen wir aber rüstig ans Werk gehen, Onkel!

Wojnizki: Arbeiten, arbeiten …

Sonja: Schon sehr, sehr lange ist's her, dass wir hier zusammen an dem Tisch gesessen haben. – Zündet die Lampe auf dem Tische an. – Die Tinte scheint eingetrocknet zu sein. – Nimmt das Tintenfass, geht an das Spind und gießt Tinte ein. – Ich bin so traurig darüber, dass sie fort sind.

Maria Wassiljewna tritt langsam ein: Sie sind fort. – Setzt sich und liest in einer Broschüre. –

Sonja setzt sich an den Tisch und blättert in einem Kontobuch: Vor allem wollen wir die Konten ausschreiben, Onkel Wanja. Wir sind mit allem im Rückstand. Heute wurde wieder nach den Rechnungen geschickt. Ans Werk also: Du schreibst immer die eine Rechnung, und ich die andere.

Wojnizki schreibt: »Rechnung … für Herrn … Beide schreiben schweigend.«

Marina gähnt: Ah-h-h … ich bin müde.

Astrow: Diese Stille … Die Federn kratzen, die Grille zirpt. Es ist so warm, so mollig … Man hat wirklich keine Lust fortzugehen! – Man hört Schellengeläut. Der Wagen fährt vor – … Ich muss also Abschied von euch nehmen, meine lieben Freunde, Abschied von meinem Tisch, und heidi! – Legt seine Zeichnung in eine Mappe. –

Marina: Was hast du es denn so eilig? Bleib doch!

Astrow: Es geht nicht.

116

Wojnizki schreibt: »… bleiben von der alten Schuld zwei Rubel fünfundsiebzig Kopeken …« – Ein Knecht tritt ein. –

Knecht: Michail Lwowitsch, der Wagen steht bereit.

Astrow: Ich hab's gehört. – Reicht ihm die Reiseapotheke, den Koffer und die Mappe. – Da, trag das in den Wagen – aber sieh zu, dass du mir die Mappe nicht drückst!

Knecht: Sehr wohl … – Ab. –

Astrow: Nun, meine lieben Freunde … – Schickt sich an, Abschied zu nehmen. –

Sonja: Wann sehen wir uns wieder?

Astrow: Jedenfalls nicht früher als im Sommer. Im Winter kaum … Natürlich, wenn etwas vorfällt, dann lassen Sie mich's wissen, dann komm' ich. – Drückt allen die Hände. – Herzlichen Dank für Brot und Salz, für Eure Liebenswürdigkeit – mit einem Wort, für alles. – Er tritt an Marina heran und küsst sie auf den Kopf. – Leb' wohl, Alte!

Marina: Wartest du nicht mal bis zum Tee?

Astrow: Nein, liebes Altchen, ich danke.

Marina: Vielleicht ein Schnäpschen gefällig?

Astrow unentschlossen: Wenn ich bitten darf … – Marina ab. –

Astrow nach einer Pause: Mein Handpferd lahmt ein bisschen. Gestern hab' ich's bemerkt, als Petruschka es zur Tränke führte.

Wojnizki: Lass es frisch beschlagen.

Astrow: ich muss in Roschdestwennoje zur Schmiede fahren – unbedingt … – Tritt an die Karte von Afrika heran und betrachtet sie. – Muss es hier jetzt heiß sein – schrecklich!

Wojnizki: Das ist schon möglich!

Marina kommt mit einem Präsentierbrett zurück, auf dem sich ein Gläschen Branntwein und ein Brot befindet: Trink! – Astrow trinkt den Branntwein. – Wohl bekomm's dir, Väterchen! – Verbeugt sich tief. – Und nun verbeiß etwas Brot!

Astrow: Danke, nicht nötig ... Also nochmals: ich wünsche euch alles Gute. – Zu Marina. – Begleit' mich nicht, Altchen ... es ist nicht nötig. – Ab; hinter ihm Sonja mit einer Kerze, um ihm das Geleit zu geben; Marina nimmt in ihrem Sessel Platz. –

Wojnizki schreibt: »Am 2. Februar 20 Pfund Fastenöl ... am 16. Februar wieder 20 Pfund Fastenöl ... Gerstgraupe ...« – Pause; man hört Schellengeläut. –

Marina: Er ist fort. – Pause; Sonja kommt zurück und stellt die Kerze auf den Tisch. –

Sonja: Er ist fort ...

Wojnizki: Macht fünfzehn ... fünfundzwanzig ... – Sonja setzt sich und schreibt. –

Marina gähnt: Ach, was für Sünder sind wir doch ... – Teljegin tritt ein, auf den Zehen, setzt sich auf einen Stuhl neben der Tür und spielt leise auf der Gitarre. –

Wojnizki zu Sonja, deren Haar streichelnd: Mein Kind, mir ist so schwer ums Herz! Ach, wenn du wüsstest, wie schwer!

Sonja: Was soll man schon tun – man muss leben! – Pause. – Und wir werden leben, Onkel Wanja, eine lange, lange Reihe von Tagen und von langen Abenden werden wir erleben; geduldig werden wir die Prüfungen ertragen, die uns das Schicksal sendet; wir werden für andere arbeiten, jetzt und in unsern alten Tagen, ohne Rast, und wenn dann unsere Stunde kommt, werden wir in Demut sterben, und dort, im Jenseits, werden wir sagen, dass wir gelitten haben, dass wir geweint haben, dass unser Los bitter war, und Gott wird sich unser erbarmen, und dann werden wir beide, Onkel – du und ich, lieber Onkel – in ein herrliches, schönes, freudenreiches Leben eingehen, wir werden frohlocken und auf unser einstiges Ungemach mit einem milden Lächeln zurückschauen – und werden ausruhen. Ich glaube daran, Onkel, ich glaube heiß, leidenschaftlich ... – Sie kniet vor ihm hin und legt ihren Kopf an seine Brust; mit müder Stimme – Wir werden ausruhen! – Teljegin spielt leise auf der Gitarre. – Wir werden ausruhen! Wir werden die Engel singen hören, wir werden den Himmel in seiner ganzen Herrlichkeit sehen, werden sehen, wie alle irdischen Übel, alle unsere Leiden in unbegrenztem Mitleid aufgehen, das die Welt erfüllen wird, und unser Leben wird so still, so mild, so süß werden – wie eine Liebkosung. Ich glaube, glaube ... – Wischt ihm mit ihrem Taschentuch die Tränen aus den Augen. – Armer, armer Onkel Wanja, du weinst ... durch Tränen. Du hast in deinem Leben die Freude nicht kennengelernt, aber hab' nur Geduld, Onkel Wanja, hab' Geduld ... Wir werden ausruhen ... – Umarmt ihn. – Wir werden ausruhen! – Man hört den Nachtwächter klopfen; Teljegin spielt leise, Maria Wassiljewna macht Notizen auf den Rändern der Broschüre; Marina strickt. – Wir werden ausruhen! – Der Vorhang sinkt langsam. –

Buchanzeige

Nova Giulianiad
Saitenblätter für die Gitarre und Laute
Herausgegeben von Joerg Sommermeyer
i. V. m. d. Internationalen Gitarristischen Vereinigung
ISSN: 0254-9565
Orlando Syrg, Freiburg i. Brsg., 1983-1988

Josefa Gerhäuser
Leben will ich
Gedichte und Assoziationen
Herausgegeben von JS (Joerg Sommermeyer)
Orlando Syrg Taschenbuch, OrSyTa 12002, Freiburg i. Brsg. 2002

Joerg Sommermeyer
Anton Unbekannt
Pathoaphysischer Antiroman
Tragigroteskenfragment
Herausgegeben von Georg J. Feurig-Sorgenfrei
Orlando Syrg Taschenbuch, 1. Aufl., OrSyTa 12009, Berlin 2009

Joerg K. Sommermeyer (Hg.)
Balleinrubin: Ball, Einstein, Rubiner
Hugo Ball: Tenderenda der Phantast
Carl Einstein: Bebuquin oder die Dilettanten des Wunders
Ludwig Rubiner: Gedichte, Kritiken, Manifeste
Herausg. u. mit einem Nachwort versehen von Joerg K. Sommermeyer
Orlando Syrg Taschenbuch, 1. Aufl., OrSyTa 12017, Berlin 2017

Franz Treller
Nikunthas, König der Miami
Eine Abenteuererzählung aus Nordamerika
Anhang: **Indianer-Gedanken** von Oskar Panizza
und **Die blaue Schlange** von Fritz von Ostini
Vollst. rev. und neu bearb. von Georg J. Feurig-Sorgenfrei
Hrsg. und mit einem Nachw. vers. von Joerg Sommermeyer
Kollektion Abenteuer- & Reiseerzählungen / KAR 1
Orlando Syrg Taschenbuch, 1. Aufl., OrSyTa 22009, Berlin 2010
2. Aufl., OrSyTa 22017, Berlin 2017

Joerg K. Sommermeyer
Vernimm mein Schreien
Pathoaphysischer Antiroman
Tragigroteskenfragment
Herausgegeben von Georg J. Feurig-Sorgenfrei
Orlando Syrg Taschenbuch, 2. durchgesehene, verbesserte und um einen Anhang
erweiterte Auflage von *Anton unbekannt*, OrSyTa 32017, Berlin 2017
3. Auflage, Neufassung, OrSyTa 112018, Berlin 2018

Joerg K. Sommermeyer
Lieblingsmärchen
[Andersen, 1001 Nacht, von Arnim, Bechstein, Brentano, de la Motte Fouqué,
Brüder Grimm, Hauff, Hebel, Hoffmann, Hofmannsthal, Keller, Mörike,
von Sternberg, Stevenson, JS, Storm]
Ausgewählt, zusammengestellt, durchgesehen und revidiert,
herausgegeben und mit einem Nachwort versehen
von Joerg K. Sommermeyer
Kollektion Abenteuer- & Reiseerzählungen / KAR 2
Orlando Syrg Taschenbuch, 1. Aufl., OrSyTa 42017, Berlin 2017
2. erweiterte Auflage, OrSyTa 22018, Berlin 2018

Joerg K. Sommermeyer (Hg.)
Franz Kafkas Romane
Der Verschollene (Amerika), Der Prozess, Das Schloss
Durchgesehen, revidiert und herausgegeben
von Joerg K. Sommermeyer
Reihe alte Tradition Azurcelesteblueoscuro / RAT ACBO 1
Exemplarische Werke der Weltliteratur
Orlando Syrg Taschenbuch, 1. Aufl., OrSyTa 52017, Berlin 2017

Joerg K. Sommermeyer (Hg.)
Franz Kafkas Erzählungen
Durchgesehen, revidiert und und mit einem Nachwort herausgegeben
von Joerg K. Sommermeyer
Reihe alte Tradition Azurcelesteblueoscuro / RAT ACBO 2
Exemplarische Werke der Weltliteratur
Orlando Syrg Taschenbuch, 1. Aufl., OrSyTa 12018, Berlin 2018

Joerg K. Sommermeyer (Hg.)
Heinrich von Kleists Erzählungen, Anekdoten und Essays
Durchgesehen, revidiert und mit einem biographischen Abriss
herausgegeben von Joerg K. Sommermeyer
Reihe alte Tradition Azurcelesteblueoscuro / RAT ACBO 3
Exemplarische Werke der Weltliteratur
Orlando Syrg Taschenbuch, 1. Aufl., OrSyTa 32018, Berlin 2018

Joerg K. Sommermeyer (Hg.)
Christian Morgensterns Galgenlieder und Palmström
Durchgesehen, revidiert und mit einem biographischen Abriss
herausgegeben von Joerg K. Sommermeyer
Reihe alte Tradition Azurcelesteblueoscuro / RAT ACBO 4
Exemplarische Werke der Weltliteratur
Orlando Syrg Taschenbuch, 1. Aufl., OrSyTa 42018, Berlin 2018

Joerg K. Sommermeyer (Hg.)
Robert Müllers Tropen
Der Mythos der Reise
Urkunden eines deutschen Ingenieurs
Durchgesehen und revidiert, herausgegeben
und mit einem Nachwort versehen
von Joerg K. Sommermeyer
Kollektion Abenteuer- & Reiseerzählungen / KAR 3
Orlando Syrg Taschenbuch, 1. Aufl., OrSyTa 52018, Berlin 2018

Joerg K. Sommermeyer (Hg.)
Taugenichts et cetera
Eichendorff, Chamisso, Büchner
Aus dem Leben eines Taugenichts
Peter Schlemihls wundersame Geschichte
Lenz
Durchgesehen, revidiert und mit einem Nachwort
herausgegeben von Joerg K. Sommermeyer
Reihe alte Tradition Azurcelesteblueoscuro / RAT ACBO 5
Exemplarische Werke der Weltliteratur
Orlando Syrg Taschenbuch, 1. Aufl., OrSyTa 62018, Berlin 2018

Joerg K. Sommermeyer (Hg.)
Künstlerbetrachtungen
Diderot, Wackenroder, Hoffmann
Rameaus Neffe, Joseph Berglinger, Johannes Kreisler, Kater Murr
Durchgesehen, revidiert und mit einem Nachwort
herausgegeben von Joerg K. Sommermeyer
Reihe alte Tradition Azurcelesteblueoscuro / RAT ACBO 6
Exemplarische Werke der Weltliteratur
Orlando Syrg Taschenbuch, 1. Aufl., OrSyTa 72018, Berlin 2018

Joerg K. Sommermeyer (Hg.)
Rainer Maria Rilkes Gedichte
Stunden-Buch, Buch der Bilder, Neue Gedichte, Der neuen Gedichte anderer Teil,
Requiem, Das Marien-Leben, Duineser Elegien, Die Sonette an Orpheus
Durchgesehen, revidiert und mit einem Nachwort
herausgegeben von Joerg K. Sommermeyer
Reihe alte Tradition Azurcelesteblueoscuro / RAT ACBO 7
Exemplarische Werke der Weltliteratur
Orlando Syrg Taschenbuch, 1. Aufl., OrSyTa 92018, Berlin 2018

Joerg K. Sommermeyer (Hg.)
Rainer Maria Rilkes Prosa
Dichtungen in Prosa, Die Weise von Liebe und Tod des Cornets Christoph Rilke,
Die Aufzeichnungen des Malte Laurids Brigge, Erzählungen und Skizzen,
Geschichten vom lieben Gott, Auguste Rodin, Aufsätze und Besprechungen
Durchgesehen, revidiert und mit einem Nachwort
herausgegeben von Joerg K. Sommermeyer
Reihe alte Tradition Azurcelesteblueoscuro / RAT ACBO 8
Exemplarische Werke der Weltliteratur
Orlando Syrg Taschenbuch, 1. Aufl., OrSyTa 102018, Berlin 2018

Joerg K. Sommermeyer (Hg.)
Drei alte Erzählungen
Die Judenbuche (Droste-Hülshoff), Die schwarze Spinne (Gotthelf),
Krambambuli (Ebner-Eschenbach)
Durchgesehen, revidiert und mit einem Nachwort
herausgegeben von Joerg K. Sommermeyer
Reihe alte Tradition Azurcelesteblueoscuro / RAT ACBO 9
Exemplarische Werke der Weltliteratur
Orlando Syrg Taschenbuch, 1. Aufl., OrSyTa 122018, Berlin 2018

Joerg K. Sommermeyer (Hg.)
James Fenimore Coopers The Last of the Mohicans
Der letzte Mohikaner
A Narrative of 1757 / Eine Erzählung aus dem Jahre 1757
Deutsch nach der Übersetzung von J. F. L. Tafel,
revidiert und neu bearbeitet von Georg J. Feurig-Sorgenfrei
Herausgegeben und mit einem Nachwort versehen
von Joerg K. Sommermeyer
Kollektion Abenteuer- & Reiseerzählungen / KAR 4
Orlando Syrg Taschenbuch, 1. Aufl., OrSyTa 132018, Berlin 2018

Joerg K. Sommermeyer (Hg.)
Johann Wolfgang von Goethes
Reineke Fuchs
Durchgesehen, revidiert und mit einem Nachwort
herausgegeben von Joerg K. Sommermeyer
Reihe alte Tradition Azurcelesteblueoscuro / RAT ACBO 10
Exemplarische Werke der Weltliteratur
Orlando Syrg Taschenbuch, 1. Aufl., OrSyTa 142018, Berlin 2018

Joerg K. Sommermeyer (Hg.)
Heinrich Heines Romanzero nebst Lieblingsballaden
von Goethe, Schiller und anderen
Ausgewählt, durchgesehen, revidiert und mit einem Nachwort
herausgegeben von Joerg K. Sommermeyer
Reihe alte Tradition Azurcelesteblueoscuro / RAT ACBO 11
Exemplarische Werke der Weltliteratur
Orlando Syrg Taschenbuch, 1. Aufl., OrSyTa 152018, Berlin 2018

Joerg K. Sommermeyer (Hg.)
Eduard von Keyserlings Prosa
Ausgewählte Werke I
Beate und Mareile, Schwüle Tage, Dumala, Wellen, Abendliche Häuser
Durchgesehen, revidiert und mit einem biographischen Abriss
herausgegeben von Joerg K. Sommermeyer
Reihe alte Tradition Azurcelesteblueoscuro / RAT ACBO 12
Exemplarische Werke der Weltliteratur
Orlando Syrg Taschenbuch, 1. Aufl., OrSyTa 162018, Berlin 2018

Joerg K. Sommermeyer (Hg.)
August Stramms Gedichte
Du. Liebesgedichte; Die Menschheit; Weltwehe;
Tropfblut. Gedichte aus dem Krieg
Durchgesehen, revidiert und mit einem biographischen Abriss
herausgegeben von Joerg K. Sommermeyer
Reihe alte Tradition Azurcelesteblueoscuro / RAT ACBO 13
Exemplarische Werke der Weltliteratur
Orlando Syrg Taschenbuch, 1. Aufl., OrSyTa 172018, Berlin 2018

Joerg K. Sommermeyer (Hg.)
Joseph Conrads Heart of Darkness
Herz der Finsternis
Englisch und Deutsch
Deutsch nach der Übersetzung von Ernst Wolfgang Freißler,
revidiert und neu bearbeitet von Georg J. Feurig-Sorgenfrei
Herausgegeben und mit einem Nachwort versehen von Joerg K. Sommermeyer
Kollektion Abenteuer- & Reiseerzählungen / KAR 5
Orlando Syrg Taschenbuch, 1. Aufl., OrSyTa 182018, Berlin 2018

Joerg K. Sommermeyer (Hg.)
Münchhausen und Lukian
Bürgers Münchhausen und Lukians Bericht
phantastischer Begebenheiten
Durchgesehen, revidiert, neu bearbeitet
(Lukian basierend auf der Übersetzung von August Friedrich Pauly),
herausgegeben und mit einem Nachwort versehen,
von Joerg K. Sommermeyer
Kollektion Abenteuer- & Reiseerzählungen / KAR 6
Orlando Syrg Taschenbuch, 1. Aufl., OrSyTa 192018, Berlin 2018

Joerg K. Sommermeyer (Hg.)
Johann Wolfgang von Goethes Prosa
Ausgewählte Werke I
Die Leiden des jungen Werther, Briefe aus der Schweiz,
Die Wahlverwandtschaften, Novelle
Durchgesehen, revidiert und mit einem Nachwort
herausgegeben von Joerg K. Sommermeyer
Reihe alte Tradition Azurcelesteblueoscuro / RAT ACBO 14
Exemplarische Werke der Weltliteratur
Orlando Syrg Taschenbuch, 1. Aufl., OrSyTa 12019, Berlin 2019

Joerg K. Sommermeyer (Hg.)
Johann Wolfgang von Goethes Prosa
Ausgewählte Werke II
Wilhelm Meisters Lehrjahre
Durchgesehen, revidiert und herausgegeben
von Joerg K. Sommermeyer
Reihe alte Tradition Azurcelesteblueoscuro / RAT ACBO 15
Exemplarische Werke der Weltliteratur
Orlando Syrg Taschenbuch, 1. Aufl., OrSyTa 22019, Berlin 2019

Joerg K. Sommermeyer (Hg.)
Johann Wolfgang von Goethes Prosa
Ausgewählte Werke III
Unterhaltungen deutscher Ausgewanderten,
Wilhelm Meisters Wanderjahre
Durchgesehen, revidiert und herausgegeben
von Joerg K. Sommermeyer
Reihe alte Tradition Azurcelesteblueoscuro / RAT ACBO 16
Exemplarische Werke der Weltliteratur
Orlando Syrg Taschenbuch, 1. Aufl., OrSyTa 32019, Berlin 2019

Joerg K. Sommermeyer (Hg.)
Johann Wolfgang von Goethes Prosa
Ausgewählte Werke IV
Dichtung und Wahrheit,
Belagerung von Mainz
Durchgesehen, revidiert und herausgegeben
von Joerg K. Sommermeyer
Reihe alte Tradition Azurcelesteblueoscuro / RAT ACBO 17
Exemplarische Werke der Weltliteratur
Orlando Syrg Taschenbuch, 1. Aufl., OrSyTa 42019, Berlin 2019

Joerg K. Sommermeyer (Hg.)
August Klingemanns Nachtwachen
von Bonaventura
Durchgesehen, revidiert und herausgegeben
von Joerg K. Sommermeyer
Reihe alte Tradition Azurcelesteblueoscuro / RAT ACBO 18
Orlando Syrg Taschenbuch, 1. Aufl., OrSyTa 52019, Berlin 2019

Joerg K. Sommermeyer (Hg.)
Heinrich Heines Versepen, Erzählprosa und Memoiren
Ausgewählte Werke I
Atta Troll, Deutschland. Ein Wintermärchen, Aus den Memoiren des Herren von Schnabelewopski,
Florentinische Nächte, Der Rabbi von Bacherach, Geständnisse, Memoiren
Durchgesehen, revidiert und mit einem Nachwort
herausgegeben von Joerg K. Sommermeyer
Reihe alte Tradition Azurcelesteblueoscuro / RAT ACBO 22
Exemplarische Werke der Weltliteratur
Orlando Syrg Taschenbuch, 1. Aufl., OrSyTa 102019, Berlin 2019

Joerg K. Sommermeyer (Hg.)
Heinrich Heines Reisebilder
Ausgewählte Werke II
Briefe aus Berlin, Über Polen, Reisebilder I-IV
Durchgesehen, revidiert und mit einem biographischen Abriss
herausgegeben von Joerg K. Sommermeyer
Reihe alte Tradition Azurcelesteblueoscuro / RAT ACBO 23
Exemplarische Werke der Weltliteratur
Orlando Syrg Taschenbuch, 1. Aufl., OrSyTa 112019, Berlin 2019

Joerg K. Sommermeyer (Hg.)
Heinrich Heines Gedichte
Ausgewählte Werke III
Buch der Lieder, Neue Gedichte,
Aus den Jahren 1853 und 1854, Sonstiges / Posthum
Durchgesehen, revidiert und mit einem Biographischen Abriss
herausgegeben von Joerg K. Sommermeyer
Reihe alte Tradition Azurcelesteblueoscuro / RAT ACBO 24
Exemplarische Werke der Weltliteratur
Orlando Syrg Taschenbuch, 1. Aufl., OrSyTa 122019, Berlin 2019

Joerg K. Sommermeyer (Hg.)
Heinrich Heines Über Deutschland, Essays und Pamphlete
Ausgewählte Werke IV
Die romantische Schule, Zur Geschichte der Religion und Philosophie in Deutschland,
Elementargeister, Die Götter im Exil, Schwabenspiegel, Ludwig Börne
Durchgesehen, revidiert und mit einem Biographischen Abriss
herausgegeben von Joerg K. Sommermeyer
Reihe alte Tradition Azurcelesteblueoscuro / RAT ACBO 25
Exemplarische Werke der Weltliteratur
Orlando Syrg Taschenbuch, 1. Aufl., OrSyTa 132019, Berlin 2019

Joerg K. Sommermeyer (Hg.)

Heinrich Heines Essays über Frankreich
Ausgewählte Werke V
Französische Maler, Französische Zustände,
Über die Französische Bühne, Lutetia,
Durchgesehen, revidiert und mit einem Biographischen Abriss
herausgegeben von Joerg K. Sommermeyer
Reihe alte Tradition Azurcelesteblueoscuro / RAT ACBO 26
Exemplarische Werke der Weltliteratur
Orlando Syrg Taschenbuch, 1. Aufl., OrSyTa 142019, Berlin 2019

Joerg K. Sommermeyer (Hg.)

Johann Wolfgang von Goethes
West-östlicher Divan, Hermann und Dorothea
Ausgewählte Werke V
Durchgesehen, revidiert und herausgegeben
von Joerg K. Sommermeyer
Reihe alte Tradition Azurcelesteblueoscuro / RAT ACBO 27
Exemplarische Werke der Weltliteratur
Orlando Syrg Taschenbuch, 1. Aufl., OrSyTa 152019, Berlin 2019

Joerg K. Sommermeyer (Hg.)

Gottfried Kellers Prosa
Ausgewählte Werke I
Die Leute von Seldwyla, Sieben Legenden
Durchgesehen, revidiert und mit einem Biographischen Abriss
herausgegeben von Joerg K. Sommermeyer
Reihe alte Tradition Azurcelesteblueoscuro / RAT ACBO 28
Exemplarische Werke der Weltliteratur
Orlando Syrg Taschenbuch, 1. Aufl., OrSyTa 162019, Berlin 2019

Joerg K. Sommermeyer (Hg.)

Gottfried Kellers Prosa
Ausgewählte Werke II
Züricher Novellen, Das Sinngedicht
Durchgesehen, revidiert und mit einem Biographischen Abriss
herausgegeben von Joerg K. Sommermeyer
Reihe alte Tradition Azurcelesteblueoscuro / RAT ACBO 29
Exemplarische Werke der Weltliteratur
Orlando Syrg Taschenbuch, 1. Aufl., OrSyTa 172019, Berlin 2019

Joerg K. Sommermeyer (Hg.)

Paul Heyses Meisternovellen und Autobiographisches

L'Arrabbiata, Andrea Delfin, Die Einsamen, Der letzte Zentaur,
Jugenderinnerungen und Bekenntnisse

Durchgesehen, revidiert, mit Anmerkungen herausgegeben
von Joerg K. Sommermeyer
Reihe alte Tradition Azurcelesteblueoscuro / RAT ACBO 33
Exemplarische Werke der Weltliteratur
Orlando Syrg Taschenbuch, 1. Aufl., OrSyTa 12020, Berlin und Lahnstein 2020

Joerg K. Sommermeyer (Hg.)

Karl Mays Ardistan und Dschinnistan I

Ardistan

Revidiert, herausgegeben und mit einem Nachwort versehen
von Joerg K. Sommermeyer
Kollektion Abenteuer- & Reiseerzählungen / KAR 8
Orlando Syrg Taschenbuch, 1. Aufl., OrSyTa 22020, Berlin und Lahnstein 2020

Joerg K. Sommermeyer (Hg.)

Karl Mays Ardistan und Dschinnistan II

Der Mir von Dschinnistan,
Das Märchen von Sitara, Meine Werke, Merhameh

Revidiert, herausgegeben und mit einem Nachwort versehen
von Joerg K. Sommermeyer
Kollektion Abenteuer- & Reiseerzählungen / KAR 9
Orlando Syrg Taschenbuch, 1. Aufl., OrSyTa 32020, Berlin und Lahnstein 2020

Joerg K. Sommermeyer (Hg.)

Anton Tschechows Ausgewählte Prosa I

Ein Zweikampf, Der Taugenichts, Die Dame mit dem Spitz,
Eine Bagatelle, Der Kuss, Gram, Schatten des Todes
und dreizehn weitere Meistererzählungen

Durchgesehen, revidiert und herausgegeben
von Joerg K. Sommermeyer
Reihe alte Tradition Azurcelesteblueoscuro / RAT ACBO 34
Exemplarische Werke der Weltliteratur
Orlando Syrg Taschenbuch, 1. Aufl., OrSyTa 12021, Berlin und Lahnstein 2021

Joerg K. Sommermeyer (Hg.)

Adalbert Stifters Ausgewählte Prosa I

Waldwanderung, Der sanftmütige Obrist, Margarita, Abdias,
Kalkstein, Bergkristall, Katzensilber

Durchgesehen, revidiert und herausgegeben
von Joerg K. Sommermeyer
Reihe alte Tradition Azurcelesteblueoscuro / RAT ACBO 35
Exemplarische Werke der Weltliteratur
Orlando Syrg Taschenbuch, 1. Aufl., OrSyTa 12023, Berlin und Lahnstein 2023

Joerg K. Sommermeyer (Hg.)

William Shakespeares Sonnets / Sonette

Englisch und Deutsch

Übersetzungen von Gottlob Regis, Stefan George, Karl Kraus

Durchgesehen, revidiert und herausgegeben
von Joerg K. Sommermeyer
Reihe alte Tradition Azurcelesteblueoscuro / RAT ACBO 36
Exemplarische Werke der Weltliteratur
Orlando Syrg Taschenbuch, 1. Aufl., OrSyTa 22023, Berlin und Lahnstein 2023

Joerg K. Sommermeyer (Hg.)

Friedrich Hölderlins Lyrik

Ausgewählte Gedichte

Ausgewählt, durchgesehen, revidiert und mit
einem Biographischen Abriss herausgegeben
von Joerg K. Sommermeyer
Reihe alte Tradition Azurcelesteblueoscuro / RAT ACBO 37
Exemplarische Werke der Weltliteratur
Orlando Syrg Taschenbuch, 1. Aufl., OrSyTa 32023, Berlin und Lahnstein 2023

Joerg K. Sommermeyer (Hg.)

Friedrich Hölderlins Prosa

Hyperion und Theoretisches

Ausgewählt, durchgesehen, revidiert und mit
einem Biographischen Abriss herausgegeben
von Joerg K. Sommermeyer
Reihe alte Tradition Azurcelesteblueoscuro / RAT ACBO 38
Exemplarische Werke der Weltliteratur
Orlando Syrg Taschenbuch, 1. Aufl., OrSyTa 42023, Berlin und Lahnstein 2023

Joerg K. Sommermeyer (Hg.)

François Rabelais' Gargantua und Pantagruel I

Erstes und Zweites Buch

Vollständige Ausgabe in drei Bänden

Deutsch nach der Übersetzung von Johann Gottlob Regis,
durchgesehen, revidiert, mit Anmerkungen
und einem Nachwort herausgegeben
von Joerg K. Sommermeyer
Reihe alte Tradition Azurcelesteblueoscuro / RAT ACBO 39
Exemplarische Werke der Weltliteratur
Orlando Syrg Taschenbuch, 1. Aufl., OrSyTa 52023, Berlin und Lahnstein 2023

Joerg K. Sommermeyer (Hg.)

François Rabelais' Gargantua und Pantagruel II

Drittes und Viertes Buch

Vollständige Ausgabe in drei Bänden

Deutsch nach der Übersetzung von Johann Gottlob Regis,
durchgesehen, revidiert, mit Anmerkungen
und einem Nachwort herausgegeben
von Joerg K. Sommermeyer
Reihe alte Tradition Azurcelesteblueoscuro / RAT ACBO 40
Exemplarische Werke der Weltliteratur
Orlando Syrg Taschenbuch, 1. Aufl., OrSyTa 62023, Berlin und Lahnstein 2023

[Ankündigung, erscheint demnächst:]

Joerg K. Sommermeyer (Hg.)

François Rabelais' Gargantua und Pantagruel III

Fünftes Buch, Prognostiken-Büchlein,

Geschichtsklitterung Fischarts

Vollständige Ausgabe in drei Bänden

Deutsch nach der Übersetzung von Johann Gottlob Regis,
durchgesehen, revidiert, mit Anmerkungen
und einem Nachwort herausgegeben
von Joerg K. Sommermeyer
Reihe alte Tradition Azurcelesteblueoscuro / RAT ACBO 41
Exemplarische Werke der Weltliteratur
Orlando Syrg Taschenbuch, 1. Aufl., OrSyTa 72023, Berlin und Lahnstein 2023

Joerg K. Sommermeyer

Dem Affen in die Seele gepisst

Selam Istanbul, Kanarische Inseln, Die Morena, Küss' mich, Sisyphus

Kollektion Abenteuer- & Reiseerzählungen / KAR 10

Orlando Syrg Taschenbuch, 1. Aufl., OrSyTa 82023, Berlin und Lahnstein 2023